Fan
ファン文庫

屋上屋台しのぶ亭
秘密という名のスパイスを添えて

著　神凪唐州

マイナビ出版

CONTENTS

第一章　腹ペコのホームレス候補生

古びたビルの軒先で、ひとりの女性が天を見上げていた。

彼女の名は杏《あん》。手には大きなトランクバッグを抱え、背中にはやはり大きなリュックサックを背負っている。

彼女は先ほど降りだした雨をしのごうと、この古いビルの軒先に避難していた。

星の光も見えない濁った夜空から、雨がしとしと降り続いている。この降りかたでは当分止みそうに思えない。

一年で最も日が長くなる頃とはいえ、まだまだ夜は肌寒い時季である。雨に打たれてずぶ濡れになってしまえば、あっと言う間に風邪を引いてしまうだろう。ともかく雨露をしのげるところが必要だ。カプセルホテルにするか、マンガ喫茶で一夜を明かすか——。

杏はポケットに手を入れると、小銭を取り出し一枚ずつ数え始めた。

「ひー、ふー、みー、よー……。あーもう、こんなんじゃ全然足りないじゃん」

杏の口から、はあ、と大きなため息が漏れる。

何度も財布の中を見返すが、札入れスペースに入っているのはレシートばかり。近くのコンビニに『銀行ATM』と大きく書かれた赤い看板は見えるものの、そこに行っても下ろすお金がないことは杏が一番よく理解していた。

職と住まいを同時に失ってから、わずかばかりの蓄えでなんとかしのいできたものの、いよいよ崖っぷちだ。いや、もう崖の下めがけてまっしぐらの最中かもしれない。

杏は再び天を見上げると、やがてがっくりとうなだれる。

わずか数百円の現金だけが命綱だが、この都会の喧噪の中を過ごすにはあまりにも頼りない。どれだけ節約しても、あっと言う間になくなってしまうのは明らかだ。

雨はますます激しさを増し、路面のあちこちに水たまりができている。行く当てもなくさまようよりも、ここでやり過ごした方がよさそうだ。

キャスター付きの大きなトランクバッグを壁に寄せ、その上に背負っていたリュックサックを載せる。本当は寝転がって体を休めたいところだが、さすがにここでは無理だ。少し肌寒さを感じてきた杏は、リュックサックから薄手のウィンドブレーカーを取り出すと、前後逆さまに袖を通す。そしてトランクバッグに寄り添うようにペタンと座り込んだ。

膝を抱えて目を閉じると、ザーッという雨音とビューッと吹き付ける風の音がとめどもなく聞こえてきた。

気を紛らわせるために音楽でも聴こうかと思ったが、スマートフォンはとっくに充電が切れてしまっている。それでも、外の音がいくばくかでも抑えられるならそれでいい。

そう考えた杏は、使い古しの白いイヤホンをポケットから取り出すと、両耳にそっとはめた。

都会の片隅で、ただひたすらにじっと身を潜める。目を瞑り、耳を塞げば、眠っているのか眠っていないのかも曖昧《あいまい》になっていくように感じられた。

しかし、それも長くは続かない。

しばらくすると、杏の耳になんとも不思議な音が届いてきたのだ。

それはヴァイオリンのような、二胡《にこ》のような、ごくささやかな音色。

決して耳障りではないがどうしても気になってしまう、そんな類いの音であった。

まどろみの世界に溶けかけていた意識が呼び戻されてしまい、杏の眉間に皺が寄る。

憮然《ぶぜん》とした表情のまま片耳だけイヤホンを外すと、みゅうともみゃあとも聞こえるような小さな鳴き声が聞こえた。

杏はまた大きなため息をつくと、辺りをぐるりと見渡す。

すると、杏が軒先を借りているビルの奥、ガラス扉で隔たれた向こう側の通路になにかがいるのを見つけた。

闇の中に溶け込むようにいたのは、一匹の黒猫。すっと背筋を伸ばし、杏をじっと見つめている。

胸元にある白い斑点《はんてん》がちょうど蝶ネクタイのようにも見え、その凛《りん》とした佇まいと相まって、まるでタキシードを着こなす紳士のようにも感じられた。

「君が呼んだのかい？」

自然と言葉をこぼした杏だったが、その言葉に苦い笑みを浮かべる。

そんなことを聞いても猫が答えてくれるわけがない。あまりにも間抜けな自分の言葉に呆れてしまった。

するとその時、黒猫が再びみゃあと声を上げる。

その声に杏が視線を送ると、黒猫はガラス扉を隔てた通路の一番奥に見える階段をひょいっと飛び上がるようにして上っていった。

そのままどこかに行ってくれないかと期待した杏だったが、黒猫は数段上がったところで止まってしまう。

そしてくるっと振り向くと、再び杏をじっと見つめた。

「……こっちに来い、ってことなのかな？」

まるで自分に付いて来いと言わんばかりの黒猫の仕草に、杏は戸惑いを隠せない。

勝手に軒先を借りていることすら褒められたことではないのに、無断で奥へと入っていってしまえば不審者として通報されてもおかしくないだろう。

そもそも、黒猫は単に縄張りに知らない人間がいるのを見に来ただけであり、付いて来いというのは自分の無意識の願望が引き起こした解釈とも考えられる。

やっぱり疲れてるんだろうなあ。杏は力なく首を横に振ると、黒猫をシッシッと手で振り払った。

しかし、黒猫はそれに動じることなく、ただじっと杏を見つめている。そして杏が視線を外すと、そのたびににゃあごと鳴き声を上げた。

このまま黒猫に鳴き続けられてはとても眠れそうにない。杏は重い腰をゆっくりと上げると、ガラス扉に近づいていった。

「もう、あっちに行きなさいってば」

ガラス扉をガチャガチャと揺らせば、黒猫も驚いて逃げていくに違いない。杏はそう考えると、ドアノブに手を添えてそのままぐっと押し込んだ。

「えっ、嘘……」

まさか鍵がかかっていないとは思わず、杏の口から驚きの声が漏れる。

開いてしまったガラス扉を慌てて閉めようとする杏。しかしそれよりも早く先ほどの黒猫が扉の隙間からひょこっと顔を出した。

危うく挟みそうになったものの、反射的にパッと手を離してなんとか事なきを得る。

杏はほっと胸を撫で下ろすと、黒猫の目の前にしゃがみ込んだ。

「もーっ、急に顔を出したら危ないでしょ？」

たしなめたところでどうにもならないとわかっている。しかし、そうでもしないと気が収まりそうになかった。

黒猫はチャッチャッと二度頬を撫でる仕草を見せると、くるりと振り返って再び階段を上っていく。

そして、先ほどと同じように階段を数段上ると、杏の方を振り返った。

「はいはい、わかったから。行けばいいんでしょ、行けば」

どこか飄々《ひょうひょう》とした黒猫の態度に、杏が苛立ち混じりの言葉を投げ捨てる。

もうどうにでもなってしまえ。杏は荷物を掴み上げると、ガラス扉のノブに手をかけた。

重い荷物を持ち上げながら、コンクリートがむき出しの無機質な階段を上っていく。

天井にあるべき蛍光灯は全て外されており、窓から漏れてくるわずかばかりの光が頼りであった。

視線の先には、先ほど自分を呼びつけた黒猫の姿。数段先を先導しては、こちらを振り返り、ある程度追いついたところでまた先へと上っていく。

体力には自信がある杏だったが、一日の疲れに加えて大きな荷物を運ばなければならないこの状況では、徐々に息が上がってしまう。

そして幾度目かの踊り場についたところで、とうとうどかっと荷物を下ろした。

「ちょ、ちょっとタンマ……」

肩を大きく揺らして、息を少しずつ整える。

顔を上げると、背筋を伸ばした黒猫が数段先からこちらを見下ろしていた。

自分のことをじっくりと観察するような黒猫の視線に、杏がチッと舌打ちする。

そして、もう一度しっかり息を整えようと深く息を吸うと、先ほどまでとは異なる空気が鼻をくすぐった。

「あれ？　なんか、いい匂い？」

それはまごうことなき食べ物の香り。それもなんともおいしそうな香りだ。

途端に杏の腹の虫がぐぐぅと主張を始める。

よくよく思い返せば、今朝から食事らしい食事をしていなかった。そもそも、前にまともな食事をしたのはいつだっただろうか？

杏は再び荷物を手にすると、階段を上っていく。どうやら香りは階段の上の隙間から漏れてきているようだ。しかも階を重ねるごとに少しずつ強くなっているように感じられる。

「長い長い階段を上がると、そこは猫のレストランでした……なんてね」

もし山猫だったら、きっとそのレストランは注文が多いんだろうな。幼い頃に姉から教わった童話が頭の中にぼんやりと浮かんでくる。

でも、もし本当にそんなレストランがあるのなら、いっそクリームにドボンと浸かって全部食べてしまいたい。そうすればきっとお腹いっぱいになれるのだろうな。

そんなおかしな想像が頭にもたげるほどにお腹が空いているらしい。杏は自嘲《じちょう》気味に笑みを浮かべると、黒猫の後を一歩ずつ追っていった。

ほどなくして階段を上りきると、最後の踊り場には一枚のアルミ製の扉があった。

扉はわずかに開いており、黒猫がその隙間に潜り込んで向こうへと出て行く。

扉の先からは、おいしそうな香りがいっそう強く漂ってきている。

杏は扉へと伸ばした手を一度は引っ込めたが、再び手をかけた。

「おじゃまします……」

小声でつぶやきながら扉の向こうに首をそっと伸ばす。すると、そこに広がっていたのはなんとも不思議な光景であった。

行き着いた先は、ビルの屋上。階段と同じように古びたコンクリートで覆われており、周囲は腰の高さほどの塀が張り巡らされている。塀の上には鉄製の柵が立っているが、ところどころペンキが剥がれており、いっそう古めかしさを際立たせていた。

とはいえ、ここまでは単なる古いビルの屋上の光景である。奥にプレハブ小屋が一棟建っているが、倉庫かなにかだと思えばそれほど違和感はない。

杏が異質さを感じた原因、それはこの屋上の中央にある〝構造物〟にあった。

それは、どう見ても屋台だった。

柱と屋根だけで作られた、軽トラックがすっぽりと入りそうなほどの大きな屋台。トタン板が張られた屋根には傾斜がつけられており、打ち付ける雨がだぁだぁと流れている。周囲は透明なビニール幕で囲まれており、その内側にはオレンジ色の電灯が灯っていた。柱のひとつに引っかけられた赤色の提灯が、風に吹かれてゆらゆらと揺らめいている。

これが街角にあるのなら理解はできる。最近は昭和時代の横丁の雰囲気を再現したフードモールも増えてきており、その中にあれば自然な風景として溶け込むことだろう。しかし、ここはビルの屋上である。自分は黒猫に釣られて入ってきてしまったものの、長い階段をわざわざ上って人が出入りするとは杏には思えなかった。使わない時だけここに片付けてあるのかとも考えたが、それならばこうして建てておく必要もない。よくよく見ればこの屋台だけがしっかりと手入れが行き届いており、それも異質さに拍車をかけていた。

入り口に立ったまま、杏は不可思議な光景を見つめる。すると足下に温かいものが触れるを感じた。

「ひゃっ!?」

突然の気配に杏が慌てて飛び退くと、先ほどのタキシード黒猫がいつの間にかすり寄ってきていた。

「もう、驚かさないでよ……」

杏は黒猫から一歩距離を置くと、ふぅと息をつく。

すると黒猫がみゃあと声を上げ、雨が打ち付ける屋上をタッタッタッと軽快に走り出した。

そしてビニール幕の間から屋台へと潜り込むと、しゅっと背筋を伸ばして、頭を下げる。まるで一流のギャルソンのような仕草だ。

「猫のレストランじゃなくて、猫の屋台が正解……ってこと?」

杏はいったん空を仰ぎ見ると、階段の踊り場に荷物をドカッと下ろす。手元から離すのはいささか不安に感じるがそれよりもカバンの中に詰め込まれた衣類や生活用品が濡れてしまう方が心配だった。

念のためドアは開け放したままにして、杏が屋台へと駆け込む。

屋台の中は思っていたよりも明るかった。ぐるりと見渡してみるが今は誰もいないようだ。バタバタと屋根に打ち付ける雨音が少々うるさく感じられる。

手前側には丸椅子が並び、ぐるりと周囲を囲んでいるビニール幕と相まっていかにも屋台らしい風情を生み出していた。

それゆえに、カウンターテーブルの立派さが非常に目立つ。

無垢《むく》の白木で作られたカウンターは隅から隅まで手入れが行き届いており、その佇まいはまるで高級な寿司店のよう。ここだけがライトに照らされ、屋台の中で浮かび上がっているようにさえ見えた。

カウンターの向こう側はどうやらキッチンスペースのようだ。業務用とおぼしき大きなガスコンロやシンク、ステンレス製のコールドテーブル等が整然と並んでおり、そのどれもがピカピカに磨きあげられている。以前にアルバイトをしていた飲食店のマスターが「キッチンが綺麗な店は必ず旨い」と言っていたが、その言葉に照らし合わせるとこの屋台で出される料理は間違いなく絶品であろう。

そんな想像を膨らませていると、風向きの加減か、杏の方へふわりと湯気が流れてきた。たちまち、杏の腹の虫がぐぅぐぅ、ぐーきゅるると騒ぎ立てる。慌ててお腹に手を当てて腹の虫をなだめるが、立ちこめる香りに一向に収まる気配がない。

するとその時、一台のIHヒーターが赤いランプを灯しているのが目に入った。

それは専用の鋳物ホーロー鍋とセットになっている最新式の調理家電。もともとは炊飯器として開発されたものだが、高精度な鋳物鍋の高い気密性と一度単位で調整可能なポットヒーターとの組み合わせにより、無水調理や低温調理が思いどおりにできるという話題のアイテムだ。もちろん、値段も相応にする高級品である。

杏は特段家電には詳しいというわけではないものの、以前に仕事で出かけた飲食店のマスターが自慢げに説明していたのが記憶に残っていた。

ヒーターのパネルが示す温度は八十二度。ずらされた蓋の隙間からスープのようなものがチラリと目に入る。先ほどから鼻をくすぐっているいい香りの源はおそらくこれだろう。

周りをきょろきょろと見回すが、やはり辺りに人の気配はない。杏は意を決すると、鍋へと近づく。

「み、見るだけならいいよね……」

近くに置いてあった鍋つかみを借りると、蓋をそっと外す。

そして中を覗き込むと、杏はゴクリと喉を鳴らした。

「おいしそう……。えっと、おでん、でいいの、かな？」

杏の口から、疑問符がついた言葉が流れ出る。具材の雰囲気などはおでんのように感じるものの、普段食べているものとは大きくかけ離れていたからだ。

この辺りの主流はいわゆる『味噌おでん』。透き通ったつゆで炊いた練り物などの具材に味噌だれを付けて食べるものと、味噌を溶かし込んだつゆの中で豆腐や大根などをじっくりと煮込んだものの二種類がある。コンビニでおでんを買っても味噌だれが付いてくるのがスタンダードだ。

しかし、鍋の中に入っていたおでんらしきものはどちらにも当てはまらない。

ひとつ目の大きな違いはつゆが白いということ。豚骨ラーメンのスープを思わせるような白濁したスープの中で、具材がぷかりぷかりと浮かんでいる。

そして具材もかなり特徴的だ。まず目に付くのは手羽元と大ぶりにカットされた大根。他にもロールキャベツや、小玉ねぎとプチトマトの串ものが一緒に温められている。その一方で練り物は少なく、せいぜい赤棒——棒状に成形された赤い練り物が入っている程度だ。

つゆも違えば具材も大きく異なる。しかし、これがなにかと尋ねられればやはり『おでん』としか言いようがない。おそらくこの店の主人がオリジナルで作った特製のおでんなのだろう、杏はそう理解した。

頭の中が整理されると、杏の腹の虫がとたんに騒ぎ始める。これだけいい香りを嗅いでいるのだから当然ではあるのだが、腹の虫の主張とは裏腹に杏の顔がいっそう苦々しくなる。

誰もいないビルの屋上とはいえ、ここは屋台。客に食べさせるために作られたものなのか、それとも店の主が個人的に作ったものなのかはわからない。しかし、間違いなく言えるのは、この料理を勝手に食べるなど、どう考えてもいいわけがないということであった。

見るんじゃなかったなあ……。杏は元の状態に戻そうと、作業台の上に置いた蓋に手を伸ばす。すると、作業台の向こう側にいた黒猫と目が合った。

シャンと背筋を伸ばし、杏をじっと見つめる黒猫。大きく開いた瞳孔を見つめていると、なんだか吸い込まれそうな気分になってくる。

もしかしてここは本当に猫の屋台だったりするのかな……。

もう一度辺りを見回して誰もいないことを確認すると、杏は黒猫にそっと話しかけた。

「ねえ、これ、食べてもいい？」

なにをバカなことを聞いてるんだろう、と杏は思う。猫が店主だなんてそんなことあるわけがない。いや待て、もしかしたらこれは夢の中なのかも。もしそうなら、猫がきっと返事をしてくれるはず――。

頭の中でぐるぐると考えを巡らせていると、黒猫がふぁぁとあくびをした。そして、ゆっくりと首を縦に振る。

それは、杏には肯定の仕草のように感じられた。

とたんに、腹の虫がぐぅぐぅぐるると騒ぎだす。こうなったらもう止まらない。なにせ最後に固形物を口にしたのはもう二日も前のことなのだ。

杏は覚悟を決め、パンと手を合わせる。

「ごめんなさい、いただきます！」

食器を借りようとした杏だったが、どこかに片付けられているのか周りにそれらしいものを見つけることはできなかった。やむなく杏は、近くにあった手つきの小さなボウルを失敬する。

鍋の近くに置いてあったお玉で無造作にすくうと、最初に手羽元が出てきた。

行儀が悪いかなと思いつつ手でつまんでみるが、手羽元は火傷しそうなぐらい熱かった。とてもそのまま持つことなどできないほどの熱さだ。杏はお玉と並べて置かれていた菜箸を手にすると、フーッフーッとしっかり冷ましてから、口を大きく開けて頬張った。

「はあ、おいしい……」

目を閉じたまま天を見上げる杏。その目尻からは、つーっと涙がこぼれた。

歯に少し当たるだけで骨からほろっと身が外れるほど柔らかい。そしてほぐれた身から鶏の旨味がぎゅっと濃縮されたスープが口の中に溢れ出す。塩味は控えめで、ほんのわずかに昆布の風味も感じられる。滋味深いという言葉をそのまま形にしたようなおいしさだ。

もちろん、極度の空腹ということもあるのかもしれない。しかし、それを差し引いたとしてもこれだけおいしい料理は今まで味わったことがなかったと思う。

たった一本の手羽元でこんなにも心が震えることがあろうとは。

杏は、次から次へと具材を取り出すと、一心不乱に頬張った。


――カチャリ、カチャリ。

遠くから音が聞こえてくる。それは小さい頃によく聞いていた音。

お腹いっぱいでうつらうつらしている時に、台所から聞こえてきた幸せな音。

そっか、今、私お腹いっぱいなんだ……。

なんだか嬉しくなって、思わず笑みがこぼれてしまう。

えっと、今日は何食べたんだっけ。確か、お鍋の中に入っていた手羽元を取り出して……。

その瞬間、杏ははっと目を覚ました。目をパチクリとさせ、周りを見渡す。

丸椅子に座って体をもたれかけていたのは美しい白木のカウンター。その向こう側には手入れが行き届いたキッチンが見える。周りはぐるりとビニールの幕で囲まれていた。そう、ここは夢の中に出てきた猫の屋台そのものであった。

杏はそっと頬をつねってみるが、しっかり痛い。どうやら夢の続きというわけではなさそうだ。

今度はお腹をさすってみる。ほんのり温かい気がした。そしてしっかりと満たされた感覚がある。

もしかしたら、これはやってしまったのかもしれない。いや、もしかしなくてもやってしまったのだろう。杏の顔色が、みるみるうちに青く染まっていく。

するとその時、キッチンの後ろにかかっているビニール幕が開いた。

「あ、あの……」

慌てて席を立ち、杏がなにかを言いかける。しかし、その人物の姿に、言葉が止まってしまった。

入ってきたのは、背が高いすらりとしたひとりの人物。どうやら若い男性のようだ。スタンドカラーの黒いコックコートを身に纏《まと》い、同じく黒色のロングエプロンを腰に巻いている。首元にチラリと見える三つ並んだほくろがなんとも印象深い。おそらく、彼がこの店の料理人なのだろう。

杏が驚いたのは、その若い男が顔の上半分を覆うほどの黒い仮面を身につけていたからであった。確かベネチアンマスクと呼ばれるもので、動物のデザインが施されていることも多いのが特徴である。彼が身につけている仮面は梟《ふくろう》がモチーフになっているようだ。仮面舞踏会の参加者が身につけているようなものであり、この屋台の雰囲気とはおよそかけ離れているのは言うまでもない。

仮面をかぶった料理人という謎の人物に杏は戸惑いを隠せない。謝罪の言葉も忘れ、ただ呆然と立ち尽くしていた。

一方、仮面の男は、チラリと杏に視線を向けただけで、そのままキッチンに立って作業を始めようとする。しかし、杏が〝客〟ではないと気がついたのか、動かし始めた手を止めると、顔を上げ、杏をじっと見つめた。

トタン板にパラパラと打ち付ける雨音がふたりの間に響き渡る。先ほどよりは幾分か雨足が落ち着いているようだ。

先に口を開いたのは、杏だった。

「あ、あのっ、ごめんなさい。お鍋の料理、勝手に食べちゃいました」

深々と頭を下げる杏。しかし、仮面の男はただじっと杏を見つめるばかりでなにも言葉を発しない。

沈黙に耐えきれなかった杏が、さらに言葉を続けた。

「お腹が空きすぎて、我慢できなくなっちゃって。もしかして、これからお客さんが来たりする予定だったんじゃ……」

本当に自分でもなんでこんなことをしてしまったのか、あまりにも情けなくなった杏の口から嗚咽が漏れる。

しかし、そんな杏の様子を意に介することなく、仮面の男は淡々と口を開いた。

「これは晩飯がてら作った試作品だ。客に出すものではない」

「そ、そうですか……。あ、でも私がそのごはんを食べちゃったってことですよね……」

客のために作った料理ではないと知り少しだけホッとしたものの、それで気まずさが拭えるわけではない。まして、杏は、このような時に最低限しなければならないことができない状態にあった。

「料理のお金、払わなきゃいけませんよね。でも、実は私、その、今、お金が……」

申し訳なさと恥ずかしさが混ざり合い、どうしても言葉がつかえてしまう。

鍋一杯のおでん、仮にコンビニ価格で換算したとしても財布の中のなけなしの数百円ではとうてい足りるものではない。ましてや、あれだけおいしかったということは何倍もの値段と考えるのが当然だ。

お金ができた時に必ず払いに来ます、と言いたいところだが、仕事もなく明日の食い扶持にも困るような状況ではただの空手形に過ぎない。そもそも、この建物にも誰に断ることもなく勝手に入ってきている。警察に通報されれば、住居不法侵入及び無銭飲食で逮捕となることは必定であろう。

いや、むしろ通報されたらそれはそれかもしれない。刑務所の中は不自由だろうが、雨露はしのげるし、食事や着替えだって用意してもらえる。今の路頭に迷う生活よりも全然マシかもしれない。問題は、もし逮捕されればマスコミの格好のネタにされて二度と〝夢〟を叶えることができなくなるぐらいであろうか。

いや、そんなことよりも今はどうやって支払いをするかを考えなければ。杏は首をぶるっと振るうと、なにか次善の方策がないかを必死に考える。

するると、仮面の男が思わぬことを尋ねてきた。

「で、味は？」

「え？　あ、味ですか？」

「ああ。どんな味だったか、教えてくれ」

淡々とした質問に戸惑いつつも、杏が素直な感想を口にする。

「そ、それはもう、本当に、本当においしかったです！　こんなにおいしい料理、生まれて初めて食べました！」

「鶏は？」

「鶏？　あ、手羽元のことですね。持ち上げただけで骨から身が外れるくらい柔らかくって、でも、全然パサパサしてなくて、とってもジューシーで、スープの旨味もたっぷり吸ってました！」

「そうか。じゃあ大根は？」

「大根も本当においしかったです。角がピーンって立ってるのに、口に入れるとほろっと崩れて、そこからジュワーッとつゆが溢れて……。ああ、また食べたくなっちゃう……」

「なるほど」

仮面の男は懐から取り出したメモに杏の言葉を綴《つづ》っていく。

その後も男は、具材のひとつずつについて味を尋ねてきた。それに対し杏もまた、ひとつひとつ丁寧に感想を答える。

「……トマトがスープを吸うとあんな風においしくなるなんて、正直びっくりしました。あれ、一番好きな味かもしれません。って、勝手に食べちゃった私が言うのもなんなんですけど……」

「わかった」

再びしゅんとする杏の様子には目もくれず、仮面の男はただ一言だけ言葉を返し、メモに言葉を書き連ねていく。

そして一通り書き終えると、パタンとメモを閉じてエプロンのポケットに入れた。

鍋の蓋を開け、お玉でくるりと回しながら中身を確認する。

鍋の中の白いスープには、ほんの小さな具材の欠片だけが残るばかりであった。

仮面の男はお玉を小皿に置くと、ＩＨヒーターのボタンを押して温度を設定する。

まるで自分のことなど一切気にも留めてないような様子に、杏が思わず声をかけた。

「えっと、その……」

「ん？　まだ、なにか言い足りないことがあったか？」

「いや、その、食べちゃった分のお金のこととか……」

「ああ、あれはただの試作品。金はとれない」

じっと鍋を見つめたまま、仮面の男が淡々と言葉を返す。

しかし、杏としてはその言葉ひとつで納得するわけにはいかなかった。無い袖は振れないとわかっていても、つい言葉を返してしまう。

「いやでも、食材だってタダってわけじゃないでしょうし、手間もずいぶんかかってるでしょうから……」

すると、仮面の男が頭を上げ杏へと顔を向ける。

「客に出す予定でない料理で金はとれない。むしろ、自分の舌ではない、客観的な感想が聞けたのは今後の参考になった」

「で、でも……」

杏がなにかを言いかけるが、その言葉を待たずに仮面の男がふいと外に出て行ってしまった。

あの様子であれば、本当にお金を受け取るつもりがないのであろう。

しかし、果たしてそれでいいのか、人としてそれに甘んじてしまってよいのか。

どうすることが正しいのか、杏は全くわからなくなってしまった。

しばらくすると、仮面の男が再び屋台へと戻ってくる。

その手には、食材らしきものが抱えられていた。

「あ、あの、えっと……」

なにか言わなければと思った杏だが、なにを言えばいいのかわからず口ごもってしまう。

すると、仮面の男が運んできた食材を作業台に並べながら、杏の方を向くことなく問いかけた。

「まだ入るか？」

「えっ？」

「まだ食えそうか？　食えるなら一緒に作ってしまうが」

「えっ、そ、そんな！　お金持ってませんし……」

仮面男の問いかけに、杏が慌てて首を横に振る。

しかし、男は首をひねると、トントントンとネギを刻み始める。

「さっきも言ったように、売り物じゃないから金はいらない。このスープの量なら二人前は作れる。もし食えそうなら一緒に作るし、食わないんだったら自分の分だけ作る。ただそれだけのことだ」

なめらかに手を動かしながら、淡々と話す男。

杏は少し悩んでから、浮かんできた疑問をそっと口にする。

「もし、私が食べなかったら余ったスープはどうするんですか？」

「別にどうもしない。ただ処分するだけだ」

まるでそうすることが当然とばかりに告げられる男の言葉に、杏は一抹の寂しさを覚える。処分するというのは、捨ててしまうということだろう。

あの旨味がぎゅっと詰まったスープ、あれを捨ててしまうなんて、なんともったいないことか……。

そう思うと、杏の口から自然と言葉が流れ出た。

「それなら、いただいてもいいですか？」

男はコクリと頷くと、杏に顔を向け、そしてゆっくりと頭を下げた。

「それでは、少々お待ちください」

「お待たせしました。熱いのでどうぞお気をつけを」

仮面の料理人から差し出されたのは、一杯のラーメンだった。細麺が入った白いスープの上には鶏肉のスライス、青みが混じった刻みネギ。こんもりとした玉子は濃い色の卵黄が美しく、わずかに熱の入った卵白も白く輝いている。

「い、いただきます」

杏は神妙な面持ちで手を合わせると、まずはスープをレンゲですくって口元へと運んだ。

先ほど食べてしまった手羽元おでんのスープによく似た香りが鼻をくすぐる。

やはり、先ほどのスープを再利用したのだろう。きっとおいしいに違いない。

そう期待しながら杏がスープをすすると、たちまち目を見開いた。

「えっ？　ええっ!?」

味わいの軸になっているのは先ほどのスープの味。しかし、ただそのままのスープというわけではなかった。

スープには魚系の出汁《だし》の風味が加わり、一層旨味が複雑に絡み合っている。少し胡椒も加えられたのか、スパイシーさもほのかに感じられた。それでいて、口当たりはよりまろやかになっている。

味の組み立てそのものに大きな違いがあるわけではない。しかし、それでも大きく味わいが変化しているように感じられた。

そして杏が最も驚いたのは、そのスープの味わいが杏の記憶に残っている味にそっくりだったからだ。

「これって、もしかして……」

杏は一口、また一口とスープをすすり、味を確認する。

間違いない。小さい頃から慣れ親しんだ、懐かしいあの味だ。

杏はそう確信すると、無我夢中になって麺をすすり始めた。

ほのかに黄色く染まった細めの麺。軽くウェーブがかかっていて、中華麺特有の香りが鼻をくすぐる。少し柔らかめに茹でてあるところもまたいい。この味には、コシは弱めで少しスープを吸ったぐらいの麺がちょうどいいのだ。

チャーシューの代わりに具材として乗っているのは鶏の胸肉。いわゆるサラダチキンだ。鶏肉なのに思い出の味によく似ているように感じるのは、スープの味を吸っているからなのだろうか。刻みネギの風味もいい。

そうそう、この玉子をどうやって食べようかいつも迷うんだよね。半分ほどラーメンを食べ終えた杏は、心の中でそうつぶやいていた。そういえば、お姉ちゃんは最後まで取っておくのって言いながら、いつも途中で潰しちゃっていたっけ……。

不意に蘇ってきた子供の頃の記憶に、杏の手が止まってしまう。

温かく、懐かしい。しかし、二度と手が届かない、戻らない、戻れない過去。

いつしか杏の目元から涙がポトリポトリとこぼれ落ちていた。

どれほどの間泣いてしまっていたのだろうか。涙が枯れ果て目元が乾く頃になって、杏はようやく気持ちを落ち着かせることができた。

再び箸を取り麺を口へと運ぶが、先ほどのような感動的なおいしさはもう感じられない。

麺はすっかりのびてしまい、スープも冷めてしまっていた。

一番おいしい時を逃してしまったことに、杏の胸が痛む。

「ごめんなさい、せっかく作ってもらったのに……」

仮面の料理人はじっと杏を見つめると、首をゆっくりと横に振った。

屋台の外から、喧騒が聞こえてくる。どうやら下では酔客の団体が騒いでいるらしい。

いつの間にか雨も上がっていたようだ。

杏は冷たい器を持ち上げて最後の一滴までスープを飲み干すと、ふぅと一息ついた。

そして、一拍置いたあと、仮面の料理人をじっと見上げる。

「……なんで泣いたのか、聞いてくれないんですか？」

その言葉に、仮面の男は肯定も否定も示さない。ただ口を真一文字に結び、杏の様子をうかがっていた。

杏は一度目を閉じると、食べ終えたラーメンの器に視線を落とす。

「このラーメン、姉との思い出の味にそっくりだったんです」

ポツリとこぼれた言葉に、仮面の料理人がピクリと反応したように見えた。

「うちは両親が共働きだったので、小さい頃は少し年の離れた姉が私の面倒をよく見てくれていました。姉が車の免許を取ってからは、街場のスーパーまで姉と私のふたりで買い物に行くのが決まりみたいになってたんです。で、その時に必ずお昼ごはんに食べてたのが、ちょうどこんな感じのラーメンでした。お兄さんなら、きっとわかりますよね？」

杏の問いかけに、仮面の料理人がコクリと頷く。

「スガキヤのラーメン。自分も小さい頃からスーパーのフードコートなんかでよく食べていたな」

返ってきたのは期待どおりの言葉であった。杏がパッと顔を上げる。

「やっぱり。決してオシャレでもないし、味だって特別においしいってわけじゃない。それに、私が小さい頃に暮らしていた飛騨《ひだ》高山《たかやま》の方だと、醤油味の濃いラーメンが有名だったんです。でも、やっぱり私にとっての思い出の味は、姉と一緒に食べた、スガキヤのラーメンなんですよね。だから、昔の楽しかった時のこと、いっぱいいいっぱい思い出しちゃって……」

杏は言葉を区切ると、再び顔を下に向けた。

なにかをこらえるように、テーブルの上で拳をぎゅっと握りしめる。

机に置かれたグラスの水が、かすかに波を立てていた。

「お姉ちゃん、どうして、どうしていなくなっちゃったの……」

杏の口から嗚咽が漏れる。口を開くと、思い出すと、感情が溢れてしまう。

しばらくの後、杏はふーっと長く大きく、息を吐いた。

「……何度もごめんなさい。意味、わかんないですよね」

その言葉に、仮面の男が首を横に振る。

「つらいこと、悲しいこと。それらは日にち薬が癒やしてくれるという者もいる。しかし、実際には一生忘れることができないものだ。むしろ心の傷として残り続けるのが自然だろうな」

仮面の男の考えかたは杏にも十分理解できるものであった。

それゆえに、言葉のひとつひとつが深く心に刺さる。

その痛みから逃れるかのように、杏はすっと視線を逸らした。

ふたりの間にしばし沈黙が流れる。

すると、仮面の男は再びコンロに火を入れ、ポットに湯を沸かし始めた。

黙って見ているると、作業台の上にプラスチックの蓋がついた一本の瓶が置かれる。

そして、引き出しを開けながら、杏に向けて声をかけてきた。

「インスタントでよければコーヒーを淹れるが、飲むか？」

一瞬どうしようかなと悩んだ杏だったが、一拍の間を置いてコクリと頷く。

それを受けた、仮面の男はマグカップをふたつ取り出した。

ボーッと唸《うな》る炎の音を聞きながら、杏がふと気になっていたことを口にする。

「そういえば、なんで仮面をしているんですか？」

仮面の男は一瞬杏を見つめるが、そのままなにも答えず視線を炎へと戻す。

その質問には答えを返すつもりはないと察した杏は、小さく息をつくと違う質問へと話題を変えた。

「さっきのラーメン、本当にスガキヤの味そっくりだったんですけど、あれってどうやって作ったんですか？　その前のおでんの味だとそこまで似ている気がしなかったんですけど……」

「ああ、それはこれのおかげだな」

すると男は、スティック状の袋を一本取り出した。

「えっ？　これって、コーヒー用の粉末クリームですよね？」

見覚えのある黄色いパッケージに、杏は思わずきょとんとなってしまう。

しかし、仮面の男は淡々としたまま首を縦に振る。

「ベースに使った白おでんの残りのスープ。あれは鶏ガラの代わりに手羽先の先の部分を使って鶏白湯《とりぱいたん》風に煮出したものだ。それに削り粉を加えることで魚介の風味を加え、スガキヤの和風とんこつ味に近い味わいを作り出した。さらにこの粉末クリームを入れれば、まろやかさとコクが加わってあの味にいっそう近づく、まあ、そんな感じだ」

「へーっ！　粉末クリームであの味に近づいちゃうなんて、私には想像もできないです」

予想もしなかった隠し味の正体に、杏はただただ感心してしまう。

すると仮面の男は、杏にコーヒーをそっと出しながら、さらに言葉を続けた。

「別にたいしたことはない。市販されているスガキヤラーメンの袋麺を見れば、添付のスープの材料として脱脂粉乳が含まれていることはわかるから、そこから組み立てれば、あとはバランスを見ながら調整すればいいだけのことだ。それに、これはあくまでも鶏白湯ベースのスープであって、本来のスガキヤのスープの味とは本質的に違う。これくらいの再現度なら、知識さえあればそんなに難しいことではない」

事もなげに淡々と話す仮面の男。しかし、その言葉は杏にはとても信じられるものではなかった。梟の仮面という奇妙な出で立ちには驚かされたが、極めて高い料理技術の持ち主であることは間違いなさそうだ。

感心のあまり杏がぼーっとしていると、足下からにゃあと鳴き声が聞こえてきた。その声に杏が視線を向けると、仮面の男もまた覗き込む。

「ん？　ああ、クロか」

「クロって言うんですね。お兄さんが飼ってるんですか？」

「いや、別に飼ってるわけではない。この辺りに住み着いている野良猫だ」

「あー、そうだったんですね……。実は私、この子に連れられてここまで来ちゃいまして、てっきりこの子がこの屋台の主かと思っちゃったんです。で、鍋の中のお料理食べてもいい？って聞いたらいいよって言ってくれた気がしちゃいまして……」

杏が一生懸命経緯を説明する。しかし、仮面の男は首をひねるばかりだ。

「悪い、日本語で話してくれないか？」

「えーっ、それひどくないですか!?　なにもそんな言いかたしなくても……」

お腹が満たされて元気になったのか、杏が今日一番の大きな声を張り上げる。

しかし、仮面の男はあくまで淡々と答えていった。

「猫がオーナーの屋台など、聞いたことがない。そもそも、猫は人間のような思考能力は持たないし、コミュニケーションを取ることもない」

「そんなことないです！　猫ちゃんだっていろいろ考えてますし、慣れてきたらちゃんと会話だってできます。ねっ、クロちゃんもそう思うでしょ？」

杏はそう言いながら、足首に頬ずりをしているクロをそっと抱き上げる。しかし、今はそんな気分ではなかったのか、クロは杏の手首をバリッとひっかくと、手が緩んだ拍子にとっとと逃げ出してしまった。

「ったたた。んー、思ったよりやんちゃな子ですね」

照れ隠しの苦笑いを見せる杏。しかし、仮面の男は表情を隠したままじっと杏を見つめ続ける。

「な、なんですか!?」

「いや、別に……」

「あ、もしかして私のことをすごく変な人だと思ったんじゃないですか？　確かに最近いろいろありすぎてストレスがマックス、髪の毛も全部抜けそうな勢いでしたけど、ごはんさえ食べられればちゃんと元気いっぱいなんですからね。お腹空きすぎてたのと疲れがピークだったのが重なって、ちょっと頭の回転がおかしくなってたかもしれませんけど……」

早口でまくし立て始めた杏だったが、自分がなにをしてしまったのか思い出し、徐々に勢いを失っていった。

その様子を見て、仮面の男が顔をそらし、口元に手を当てる。

「もう、やっぱり私のこと笑ってるじゃないですか！」

「上がったり下がったり、ずいぶんと忙しい奴だと思っただけだ。まあ、元気が出たのはわかった。さて、そろそろ片付けをしたいんだが……」

仮面男はそう言いながら、屋台の柱にかかっている時計を見上げる。

カチコチと時を刻む小さな振り子時計の二本の針が天を指そうとしていた。

「あっ、そ、そうですよね……。そうだ、せめてものお礼に片付けのお手伝いをさせてください！」

「ん？　いや、別に気にしなくてもいいんだが……」

「これだけおいしいごはんをたくさんいただいてなにもしないんじゃ、私が気にしちゃいます。邪魔はしませんのでどうかお願いします」

深々と頭を下げる杏の姿に、仮面の男が少し困ったようなそぶりを見せる。

顎に手を当てて少し考えると、小さく首を縦に振った。

「わかった。そうしたら片付けを手伝ってもらおう。それが今日のお代だ」

一息ついてお腹を落ち着かせると、杏は業務用の二層式シンクの前で仮面の男と並んでいた。

洗剤液に浸しておいた食器や調理器具を仮面の男が洗い、それを杏が順番にすすいでいく。

とはいえ、洗い物もそれほど多いわけではない。あっと言う間に洗い終えると、仮面の男が沸かしておいた熱湯をまな板にざーっとかけ流した。

借りたタオルで手を拭きながら、杏が少し焦った様子で声をかける。

「えっと、他になにかありませんか？　まだ手伝いらしい手伝いをしてませんし。そうだ、床のモップ磨きもやりましょうか？　私、こう見えても得意なんですよ？」

「いや、そこまではいい。それより、いい加減夜も遅いが終電は間に合うのか？」

その質問に、杏は答えることができなかった。

必死に笑みを浮かべようとするが、寂しげな表情で固まってしまう。

「……ないんです」

「ん？」

杏の小さなつぶやきが聞き取れず、仮面の男が首をかしげる。

杏はふぅと息をつくと、小さく首を横に振りながら声を絞り出した。

「帰る場所が、ないんです」

その言葉は、仮面の男にとっても予想外のものだった。男は杏へと振り向いたものの、そのまま押し黙ってしまう。

やがて杏が、ポツリ、ポツリと身の上を話し始めた。

「実は私、少し前に仕事をクビになっちゃったんです。仕事をしている間は寮で暮らしていたんですが、クビになったところですぐに追い出されちゃって。こっちには頼れる友達もいないですし、しばらくはカプセルホテルだったりネカフェだったりで寝泊まりしてたんです。えーっと、こういうのをなんて言うんでしたっけ……」

「ネットカフェ難民、か」

「そう、それです。とにかく、そうやってなんとかやり過ごしてきたんですけれども、それも限界に来てしまいまして……」

「なるほど、それでさっきも『金がない』と」

仮面男の言葉に、杏がコクリと頷く。そして一度目を閉じると、仮面男に向かって深々と頭を下げた。

「あ、あのっ。ここに一晩、泊めさせてもらえませんか？　あ、屋台だとお邪魔ですよね。そこの、入り口のところの、踊り場の隅っこだけでもお借りできれば……」

杏の頬がみるみるうちに真っ赤に染まっていく。顔から火が出るほど恥ずかしいというのはこういうことを指すのだろう。しかし、背に腹は代えられない。とりあえずこの一夜をやり過ごせるだけでも杏としては大助かりなのだ。

杏はそのままじっと頭を下げ続ける。なにかしらの言葉が返ってくるまで、顔を上げられそうになかった。

心臓はバクバクと高鳴り、数秒がとても長く感じられる。

その後、杏の耳に聞こえてきたのは、ひとつの確認であった。

「その様子だと、実家にも帰れないということでいいのか？」

その質問に杏は頭を下げたまま頷く。

帰れるのなら帰りたい。しかし、もうあの家には帰ることができない。

その現実が杏の心にズシリと重くのしかかってきた。

再びの静寂。やはりとても長く感じられる。

すると、仮面男が杏にもうひとつ尋ねてきた。

「今晩ここで過ごしたとして、明日からはどうするつもりだ？」

その質問に、杏は答えることができなかった。

住所不定、社会人未経験、身元保証人なし。悪条件が三つも重なれば、雇ってくれるところを探すのは極めて難しい。これまでアルバイトはもちろん日雇い派遣の仕事なども探してはみたものの、家出人同然の杏を受け入れてくれるところは見つからなかった。

こうなると、残された手段は限られている。犯罪に手を染めない前提に立てば、もはや身を切るしか選択肢はないと考えていた。

とはいえ、その選択肢はとても人に言える話ではない。とりあえず取り繕おうとはするものの、なんと言えばいいのか、言葉が出てこなかった。

「言っておくが、今時身元がはっきりしていないと、風俗でも断られるからな」

「えっ？　そ、そうなんですか？」

思わぬ言葉に虚を衝かれてしまい、杏は素で答えてしまう。

そしてその反応が、まさに自分がなにを考えていたのかを示していることに気づき、再び顔が真っ赤に染まった。

すると、仮面男がふぅとひとつ息をつき、そしてゆっくりと口を開いた。

「やはりそういうことか。まあいい。とりあえず家が見つかるまで、ここを使えばいい」

「えっ？」

予想外の提案に杏は目をパチクリとさせてしまう。

しかし、仮面の男は淡々と言葉を繰り返した。

「家が見つかるまで、ここで暮らせばいいと言ってるんだ。古いビルだが部屋は空いている。オフィス仕様だから飾り気はゼロだが、電気、ガス、水道はきちんと使える状態だ。トイレもあるし、湯沸かし程度だが小さいキッチンも備わっている。外で寝泊まりするよりはよほどいいだろう」

それだけを聞けば確かに魅力的な条件である。しかし、杏にはとても現実の話には聞こえなかった。最も大きなハードルについて、杏が尋ねる。

「で、でも家賃が……」

「いらん。どうせ使っていない部屋だ。気にするな」

仮面男の返事は素っ気ないものであった。

しかし、杏にはどうしても納得ができない。堰《せき》を切ったように早口でまくし立てる。

「そんなわけにはいかないです。ここは名古屋の中心部、一等地と言ってもいい場所なんですよ？　そんなところにある部屋を、それこそ身元もはっきりしない、勝手に忍び込んだような私にタダで貸すなんて、どう考えてもおかしいです！　あ、きっとこれは裏があるんですね！　弱った私につけ込んで優しくすれば、いつか自分のモノにできるんじゃないかとか思って……」

ドン、と激しい音がしたのはその時だった。

ひっと息を吞んだ杏の前では、仮面の男が机に拳を置いたままじっと睨み付けていた。

「馬鹿げた話はやめろ。そういう手出しなど一切しない」

先ほどまでとは違う、低く、重い調子で語られる仮面男の言葉。その圧力に、杏は身をすくめるしかなかった。

そして触れてはいけないところに触れてしまったと気づき、深く反省する。

仮面男は、ふうと息をつくと、二度三度と首を横に振った。

「失礼、つい声が大きくなった」

「い、いえ、私こそ言葉が過ぎました。ごめんなさい……」

謝罪の言葉を口にしながら、杏が頭を下げる。

すると、仮面男が再び口を開く。

「もう一度だけ言う。仕事なり家なりが見つかるまで、この階下の空き部屋で暮らしても構わない。家賃はもちろん、水道光熱費も不要。当座の住所をここにしておけば、少しは仕事を探しやすくなるだろう。試作品やまかないでよければここで飯を食べても構わない」

杏にとっては願ってもない話だ。しかし、それだけに疑問が浮かぶ。

「……どうして、どうして私にそこまでしてくれるんですか？」

その質問に仮面男はしばらく思案すると、やがてゆっくりと口を開いた。

「深い意味はない。ただ自分がそうしたいと思ったから、そうするまでだ」

答えているような、答えになっていないような言葉。杏はその真意を探るように仮面の男をじっと見つめる。

少なくとも、仮面の奥に隠された瞳は濁っているようには見えなかった。

杏は一度目を閉じると、再び男を見つめる。

「木に口の『杏』と書いて、あんと言います。お名前、聞かせてもらえますか？」

「この屋台の主、カタカナのイに漢数字の二の『仁』と書いて、ジンだ」

「ジン、さん……？」

語尾を上げながら名前を繰り返すと、杏が口元に手を当てる。

ふと見上げると、仁がじっと杏を見つめていた。

その視線に、杏が慌てて首を振る。

「あ、い、いえ。なんでもないです」

杏は笑顔を見せると、改めて居住まいを正してから深々と頭を下げた。

「仁さん、ですね。しばらくご厄介になりますが、よろしくお願いします」

＊　＊　＊

昨晩までの雨から一転し、さわやかな青空が広がっていた。

まだところどころに水たまりが残る大通り沿いの歩道を、杏がメモを片手に歩く。

行き先は近くの業務用品店。屋台で必要なものを購入してきてほしいと仁に頼まれていた。

「これって、初めてのおつかいになるのかな？」

弾むような足取りの杏が、ポツリとつぶやく。

その後の相談の結果、家賃や食事代の代わりとして杏が屋台を手伝うこととなった。

屋台の名は特につけていないということだが、客からは『しのぶ亭』と呼ばれているらしい。営業は完全予約制。連絡先を知っている特定の客から予約が入った時に限って営業するとのことであった。

それで本当に店がやっていけるのかと思わず聞いてしまった杏だったが、仁から「それよりも自分の身を心配しろ」というストレートな正論を返されてしまう。ぐうの音も出ないとは正にこのことだ。

そう、いつまでもこの状況に甘えてはいられない。早く新しい仕事を見つけて、ここから引っ越せるように頑張らないと。杏はふっと小さく息を吐いた。

その時、背後から大きな音が近づいてくるのに気がついた。

振り返ると、大きな幕を全面に張った大型トラックが通過していく。どうやら近々公開される映画のプロモーションのようだ。

側面に一際大きく描かれているのは、誰もが知っている大女優の姿。写真からも妖艶《ようえん》な大人の色気が匂い立つように感じられた。

杏は足を止めると、過ぎ去っていくトラックを視線で追いかけていく。

そして、うんとひとつ頷くと、少し急ぎ足で目的地へと向かっていった。

第二章　お忍び中の大女優

「はい、ＯＫです！　ありがとうございましたー！」

スタッフから発せられた収録完了の声が響くと、スタジオ内の緊張がふっと緩む。

それに釣られるように、如月葵《きさらぎあおい》もまた小さく息をついた。

駆け寄ってきたマネージャーからストローが挿さったペットボトルを受け取ると、一口だけ含んで喉の渇きを癒やす。

するとその時、眼鏡をかけたスーツ姿の男が話しかけてきた。

「いやいや、今日は素晴らしい収録になりました。今をときめく大女優様にご出演いただければ、視聴率ウナギ登り、間違いナシです」

あからさまなゴマすりの台詞だが、これも番組プロデューサーである彼の仕事のひとつである。如月も笑みを浮かべると、小さく頭を下げた。

「番組にお招きいただいてありがたいのはこちらの方ですよ。放送が楽しみですわ」

「最高に盛り上がるよう仕上げますのでお楽しみに。もちろん、今度の映画の宣伝もバッチリですね。っと、そうそう、このあともしお時間がございましたら……」

顔色をうかがうようなプロデューサーの様子に、如月はマネージャーをチラリと見る。

それに対し、マネージャーは手帳を確認してからと首を縦に振った。

「事前にお話をうかがっておりましたので、スケジュールは空けてあります」

「そう。どうやら大丈夫のようですわ」

如月が笑顔でそう答えると、プロデューサーがほっと胸を撫で下ろした。

「ありがとうございます。お店はこちらで手配しておりますので、後ほどご案内させていただきます。夕食には少し早めの時間にはなりますが、上の者も交えての会食ということで。お支度できましたら、私をお呼びください」

「ありがとう、それでは後ほど」

如月は小さく会釈をすると、マネージャーにペットボトルを渡し、スタジオを後にした。

＊　＊　＊

「あーあ、ホント疲れたーっ」

ホテルの部屋へと戻ってきた如月の口からぼやきの言葉がこぼれた。

カウンターテーブルにハンドバッグを置き、そのままうーんと背筋を伸ばす。

カーテンが開かれた窓の向こうでは、ライトアップされた名古屋城が夜闇の中に浮かび上がっていた。

このホテルを定宿としている如月にとっては見慣れた風景ではある。しかし、何度見ても見飽きるということがない。まるで主役がスポットライトを浴びているようにも見えるこの景色を如月はとても気に入っていた。

しばらく風景を眺めたあと、カーテンをサッと閉じる。

そしてソファに腰を下ろすと、ヒールを脱ぎ、身につけていたネックレスをそっと外した。

その時、入り口からコンコンとノックの音が聞こえてくる。

「はーい、いいわよー」

如月がそう答えると、扉がガチャリと開いた。

「一日お疲れ様でした。頼まれたやつ、買ってきましたよ」

「ありがとう。そこに置いておいて」

「はい、ではこちらに」

如月の言葉に頷きながら、マネージャーが手にしていた紙袋を鏡の前に置く。

その様子を如月が目の端で追いかけていた。

マネージャーに頼んでいたのは、のど飴とペットボトルの水を二本。近くのコンビニで売っているようなものである。しかし、それを白いビニール袋のままではなく、わざわざ少しオシャレな紙袋に入れ替えて渡してくるところなど、この男は本当にそつがない。

業界内ではマネージャーの鑑などと呼ばれているようだが、それを偉ぶるようなこともなく、商品たる自分にしっかりと尽くしてくれる。変な色目を使うようなことも一切なく、ふたりきりで部屋にいてもなんの心配もない。

身内のひいき目を除いても仕事上のパートナーとして大変優秀であり、全幅の信頼が寄せられる人物だと如月は考えていた。

立ち振る舞いもスマートであり、この男と比べると大抵の男は色あせて見えてしまうほど。如月がここまで独身だったのは、もしかするとこの男が常に身近に控えているせいかもしれないとさえ感じてしまう。

もっとも、人生のパートナーとして選ぶには、この男はあまりにもそつがなさすぎる。どこかで息が詰まってしまいそうだ。

すると、そんな気配に気づいたのか、マネージャーがくるりと振り返った。

「ん？　なにかあったか？」

オフモードの口調へと切り替えたマネージャーに、如月もざっくりと言葉を返す。

「いえ別に」

「まあいい。さてと、明日のスケジュールは？」

マネージャーが手帳を開きながら、如月にスケジュールを尋ねる。当然マネージャーがスケジュールを管理しているのだが、あえて言わせることで、如月自身がきちんとスケジュールを把握しているかどうかを確認しているのだ。

実にそつがない。しかし、こういうところが実につまらない。

如月はソファにもたれかかっていた体をゆっくりと起こすと、こめかみに手を当てた。

「明日は劇場での挨拶が二件、で、そのあとは雑誌の取材を受けてから東京に戻って、夜はまたどっかの誰かと打ち合わせだったわよね」

「次のドラマのプロデューサー、だ。高級フレンチを予約してお待ちしています、だそうだよ」

どこか諭すように話すマネージャーの言葉に、如月が顔をしかめる。

「あー、めんどくさっ！　ねぇ、それどうしても行かなきゃダメ？」

「ダメ。仕事だ仕事」

「どうせたいした打ち合わせもせずに、ただ食事するだけでしょ？　別に行かなくてもいいじゃん」

「いいわけあるか。顔繋ぎがどれだけ大事か、いまさら俺の口から言わせたいんか？」

如月の不平不満を一刀両断に切り捨てると、マネージャーが如月を見下ろしながらさらに刀を返す。

「だいたい今日だって最後は中座させてやったじゃないか。あれだって本来は最後までいるべきなんだぞ。先方にとっては……」

「今をときめく大女優様を案内しているというのを周りに見せる。そうやって相手の顔を立てていくことで、また次の仕事に繋がっていく。これが人気商売の宿命だ——でしょ？」

マネージャーの言葉を横取りし、如月が滔滔《とうとう》と語る。

それに対し、マネージャーもコクリと大きく頷いた。

「なんだ、ちゃんとわかってるじゃないか」

「もう何度聞かされたと思ってんのよ。はいはい、ちゃんと〝お仕事〟しますって。その代わり、タイミングは見計らってちょうだいね」

「もちろん。それがこっちの仕事だからな」

マネージャーはそう言うと、自分の胸をトントンと二回叩いた。

なんだかんだ言いながらも、相手を不快にさせず、また自分を不要に疲れさせない絶妙の頃合いでちゃんと中座できるのは、この男がしっかりと場の空気を見極めてくれているからである。やはり仕事の上であれば、これほど信頼できるパートナーは他にはいそうにない。

如月はふぅと息をつくと、再びマネージャーを見上げる。

「明日は何時出発かしら？」

「八時半には出たい。時間、大丈夫そうか？」

「いいわよ。じゃあ、十分前にここにお願いね」

その言葉にコクリと頷くと、マネージャーは扉へと向かっていった。

そして取っ手に手をかけると、一度振り返って如月に声をかける。

「明日も早いんだから、あんまり夜ふかしするなよ」

「うるさいわねぇ、わかってるわよ！」

まるでこのあとの行動を見透かしているようなマネージャーの言葉に、如月が苛立ちを隠さず言葉を投げ捨てた。

やはりこの男を人生のパートナーとして選ぶのは無理そうだ。

ひとりになった広い部屋の静けさを紛らわせようと、如月がテレビをつける。画面の向こうでは、同じ事務所の若手女優が芸人のコンビと一緒に山道を歩いていた。どうやら最近流行のロケ番組のようだ。ふぅふぅ言いながら歩く若手女優の姿に、如月が自身の若い頃を重ねる。

演技の仕事以外は女優の仕事ではないと反発していた時期もあった。しかし、今振り返ればこうした仕事のひとつひとつの大切さが身に染みてわかる。この仕事を選んだ以上、商品は自分自身。あらゆる機会を舞台として、如月葵を〝演技〟し続けなければならないのだ。

如月はチャンネルをニュースに替えると、スマートフォンをハンドバッグから取り出す。そしてSNSアプリを開くと、先ほどの会食で撮った写真を順番に取り込んでいった。

有名ガイドブックでふたつ星を獲得した名店で修業したという店主が生み出した料理は、どれも素晴らしいものばかりであった。

地元の漁師から直送され、店主自らの手によって目の前で調理された活き車海老のお造り。一切の臭みを感じることなく、歯を撥ね返すほどの食感と甘く濃厚な海老の風味が写真を見るだけで思い出される。

続く天ぷらに使われていたのも同じ活き車海老。サクサクとした衣の下、絶妙な加減で火が入ることで海老の身の旨さが余すことなく引き出されていた。一緒に出されたナスにオクラ、大葉にトウモロコシの天ぷらも、夏のおいしさが存分に感じられる。仕事モードでなければ、ついつい冷酒が進んでしまうところだろう。

今が盛りの鱧《はも》が入った吸い物も上品な味わいで如月の心を弾ませる。締めのにぎり寿司のネタは、見事なサシが入った松阪牛の炙《あぶ》り。口に入れるだけで解けてしまうほどの一品は、この豪華なコースの締めにふさわしいものであった。

確かな食材を使い、素晴らしい腕前の料理人の手によって生み出された最上の美食。人はこれを「芸術のような料理」と呼ぶであろう。確かに〝如月葵〟にはふさわしい品ばかりだった。如月はコメントを書き終えると、SNSの送信ボタンをポチッと押す。

そして画面を消すと、テーブルにスマホを置き、ふぅと息をついた。

会食にしては軽めのコースだったとはいえ、それなりのボリュームはあった。味ももちろんおいしかったし、もてなしも一流。同席した人たちとの会話もしっかり弾んでいた。

しかし、どこかに空虚さが残る。物足りないのとは違う、心に隙間風が吹いているような、満たされないなにかを感じてしまう。

如月はしばらく天井を見上げると、再びスマホを手に取った。

そしてメッセージを送信すると、程なくして返信が届く。

その内容を確認すると、如月はソファから立ち上がり、身に纏っていた服を脱ぎ捨てた。

＊　＊　＊

こっそりとホテルを抜け出した如月がタクシーで乗り付けたのは、繁華街の外れにある一軒の古びたビルだった。

勝手知ったる様子でビルの階段をトントントントンと軽妙な足取りで上り、屋上の扉をギイと開く。

扉の向こうにいた黒猫が、にゃあと鳴き声を上げてぴょんとどこかへ走り去った。

正面に見えるのは、ビルの屋上というこの場所にはおよそ似つかわしくない屋台。

如月は迷わず暖簾《のれん》をくぐると、中で作業をしていた梟の仮面の男に声をかけた。

「こんばんは、仁くん。お久しぶりね」

「いらっしゃいませ。ご来店お待ちしておりました」

この店の主である仁が頭を下げ、手をそっと差し出して着席を促す。

如月は仁の正面に陣取ると、目深に被っていた帽子を取り、眼鏡を外して机の上に置いた。

すると、仁の奥からひょっこりと顔を出したひとりの女性が、すっとんきょうな声を上げる。

「えっ、も、も、もしかして、きさ……むぐ」

名前を言いかけた瞬間、仁が続く言葉を手で制する。

仁にぎろりと睨まれると、女はコクコクと何度も首を縦に振った。

「ちらっとは聞いていたけど、またずいぶん可愛い子を雇ったのねぇ」

如月の質問に仁は言葉を返さず、小さく頭を下げるだけで答えた。

そしてよく磨かれた包丁を手にすると、トントントンと小気味いい音を鳴らす。

すると如月は、後ろで見守っている女性に改めて声をかけた。

「お名前、なんて言うのかしら？」

「あ、わ、私は、あん、です。杏と書いてあんと言います」

「そう、可愛い名前ね。私は如月葵。名前ぐらいは聞いたことあるかしら？」

「如月さんを知らない人なんて、日本のどこを探してもいないですよ！　それに、実は私、以前に一度だけお仕事でご一緒させていただいたことがあるんです」

「あらそうなの？　確かに言われてみれば見覚えがあるような……、あ、もしかして、前にこっちの番組で一緒にゲストで出演していたグループの？」

「はいっ！　『すたーず☆かふぇ』の最年長、みんなのお姉さん『おぐら あん』ですっ」

つい昔の癖で振り付けつきの挨拶をしてしまい、杏の頬が赤く染まる。

その振り付けを見て、如月もしっかり思い出したようだ。

「そうそう。確か一年ぐらい前だったかしら？　人気急上昇中のご当地アイドルグループってことで、映画の宣伝を手伝ってくれたのよね。他の子たちは適当にしゃべってるだけだったのに、ひとりだけちゃんと事前に映画のことを勉強して、きちんと話してくれていたから印象に残ってたわ。あの時はありがとうね」

「そんな！　こちらこそ、貴重な機会をいただいてありがとうございます」

深々と頭を下げる杏に対し、如月がいいのよ、と軽く返した。

そして再び、料理を進めている仁に視線を向ける。

「しかし、またすごい子を捕まえたもんねぇ。もしかして、アイドル趣味に目覚めたとか？」

軽い調子で尋ねる如月の言葉に、仁は視線を手元から外さぬまま首を横に振る。

「それはないですね。むしろアイドルだったことも初耳でした」

「え？　そうなの？」

　思わぬ答えに如月が驚きの表情を見せる。

　すると、仁の後ろで固まっていた杏が、そーっと首を伸ばして如月を覗き込んだ。

「えっと、仁さんにはその辺りの事情をあまりお伝えしていなかったんです。というのも、今はもうアイドルじゃなくて……」

「あらそうなの。もしかして、グループが解散したとか？」

　如月の質問に、杏が首を横に振る。

「グループは私以外の四人でまだまだ活動継続中ですけど、そこに私の居場所はなくなっちゃって。表向きは引退卒業ってなってますけど、実質はクビなんです。で、路頭に迷っていたところを仁さんに助けてもらって……」

「あら、それは大変だったわね。あのメンバーの中だと一番しっかりしてると思ったんだけどなあ」

　その言葉に、杏が思わず苦笑いを見せる。

　なにかしら事情がありそうだが、そこまで深く立ち入るつもりはない。如月は再び仁に話しかけた。

「でも、仁くんにとってはいい出会いだったんじゃない？　一度会っただけだけど、仕事への取り組み姿勢も真面目だったし、なにより目の光りかたが他の子たちとちょっと違ってたわ。こんないい子、探したってなかなか見つかるものじゃないわよ」

「まあ、ただの成り行きです。別に手伝いを必要としていたわけではないですし」

「そんなこと言わないでください！　私、お役に立てるよう頑張りますから！」

仁の言葉に焦ったのか、杏が慌てた様子で手を上げる。

その様がなんともおもしろく、如月はくすりと笑みを浮かべた。

すると、これまで淡々と料理を進めていた仁が杏に声をかける。

「ちょっと買い物に行ってきてくれないか」

「え？　今からですか？」

「ああ。そろそろ在庫が切れそうなものがいくつかあるのを思い出したんだ」

「うーん、それって明日じゃダメなんですか？　仁さんが如月さんにどんな料理を作るのか見てみたいなって思ったんですけど」

口を尖らせ抗議する杏。

すると、ふたりの会話に如月が割り込んできた。

「あらあら。そんな風に感情を表に出してはダメ。心の中が簡単に見えるようではいいオンナにはなれないわよ。それとも、もうこちらの世界に戻ることは考えてないのかしら？」

如月はそう言うと、杏をそっと覗き込むようにしながら口角を持ち上げる。

その姿からは女性としての艶やかな色気が溢れていた。

杏は思わずゴクリと息を呑む。

「そ、それは……。いつかまた戻れるなら戻りたいですけど……」

「やっぱりそうよねぇ。この世界ってすごく厳しいところだけど、その楽しさに触れたら戻りたくなっちゃうものだもんね。じゃあ、芸能界の少しだけ先輩としてひとつアドバイス。本当に信頼できる人の前以外では、いつでも女優でいなさい。どんな風に周りから見られたいか、周りが自分になにを求めているのかを常に意識して、貴女自身を演じきるの。それがきっとこれからの貴女の糧《かて》になるわ」

「自分を演じきる、なるほど！　頑張ってみます！」

如月の言葉に、杏が何度もコクコクと頷いた。

その一方で、仁は怪訝そうな顔で首をひねる。

それに気づいた如月が、仁に声をかけた。

「あら、なにか気になることでも言ったかしら？」

「いや、少しだけ先輩というのはさすがに……」

「女優は年を取らないことになってるの。さてと、そろそろビールいただこうかしら」

ふふふっと微笑みながら飲み物を注文する如月に、仁が小さく頭を下げる。

「かしこまりました。では、杏さんは買い出しをお願いしますね。急がないのでゆっくりでいいですよ」

「はぁい」

厄介になっている身としては、仁から頼まれれば断りづらい。杏は後ろ髪を引かれながらも買い物へと向かった。

階段へと続く扉がバタリと閉まるのを見届けてから、如月が口を開く。

「どういう風の吹き回しなのかしら？」

「ただの気まぐれです」

「相変わらず他人のことに興味ないのねぇ。まあ、おかげで私もここでは女優ではない顔でいられるんだけど」

如月は並々とビールが注がれた大きめのタンブラーを受け取ると、そのまま口元へと運んで大きく傾ける。ゴッゴッゴッと喉を鳴らしながら一気に半分ほど飲み干すと、プハーッと大きく息を吐いた。

「あー、やっぱりビールは喉ごしよね。小さなグラスでチマチマ飲んでたって味なんてわかったもんじゃないわ」

「飲みすぎにはくれぐれもご注意を。ではまずこちらからどうぞ」

少し深めの皿に盛り付けられているのは、赤いあんでまとめられた炒め物。ピーマンに玉ねぎ、赤ウィンナー、そして豆ちくわまで入っている。

如月はいそいそと箸を割ると、さっそくひとつまみを口に放り込んだ。

たちまち、口の中に旨味とスパイシーな胡椒の風味が広がっていく。

「んーっ！　これこれ、こういうのが食べたかったのよ！　このソース、こっちのスパゲッティにかかってるアレよね？」

「ええ。あんかけスパゲッティをアレンジした『ミラカン風豆ちくわ炒め』といったところでしょうか。ビールに合うよう、粗挽きの黒胡椒を強めに効かせてあります」

「それがいいのよ。ビールに合わせるなら、これくらいパンチの効いた味じゃないとつまんないわ。もう、こんなの出されたらビールのピッチ上がっちゃうじゃないの！」

ぐいっとビールを飲み干すと、如月はタンブラーを仁に突き出した。

うっすらと紅の付いたタンブラーを洗い場に下げると、仁は冷蔵庫から新しいタンブラーと缶ビールを取り出す。そして少し高いところからビールを細長く注いでいくと、やがて黄金色の液体の上にクリームのようなきめ細やかな白い泡が浮かび上がった。

「喉の渇きも癒えたことでしょうし、どうぞ二杯目はゆっくりお楽しみください」

「はいはい、わかってます」

如月は受け取ったタンブラーを口元へと運ぶと、今度は小さく傾ける。そして舌全体に広げるようにその味わいを堪能すると、ぷはっと小さく息を継いだ。

どこにでも売っているごく普通のビールに、ともすれば家庭料理の惣菜にもありそうなおつまみ。正直に言えば、ものすごく地味だ。如月のSNSで紹介しているような技法の限りを尽くして贅《ぜい》をこらした料理とは全く異なる。

しかし、仁の手にかかると、その〝普通〟が実においしいのだ。

ビールの泡はどこまでもなめらか。ただ缶から注いでいるだけなのに、自分で注いだ時とは味わいのレベルが段違いに感じてしまう。

そして豆ちくわ炒めもまた見事な味のバランスだ。ビールに合わせて胡椒をしっかりと効かせていながら、旨味たっぷりのあんかけソースとハイレベルなところで調和している。少し胡椒が足りなければ味わいが寝ぼけてしまうだろうし、かといってこれ以上胡椒が多すぎれば辛さが立ちすぎてしまうであろう。

万人受けするように味を丸めるのではなく、槍《やり》の先端のように鋭く研ぎ澄まされた味を追求する。それができる仁は、やはり一流の料理人なのだと如月は改めて感心していた。

そんなことを考えながらタンブラーを傾けていると、仁が不意に話しかけてくる。

「もう一品ぐらいいけそうですか？」

「そうね。せっかくだからもうひとついただこうかしら。しっかり食べ応えがあって、それでいて思いっきりパンチが効いてて、食べたらストレスが吹き飛ぶようなやつ、お願いね」

「相変わらず無茶苦茶な注文ですね。ご期待に添えますよう善処します。それでは少々お待ちください」

仁はそう言うと、次の料理へと取りかかった。

「お待たせしました。熱いのでどうぞお気をつけください」

差し出されたのは大皿に載った手のひらサイズの揚げ物。少し濃い目のきつね色に色づいたパン粉がわずかにパチパチと音を立てている。その上に散らされている白髪ねぎがなんとも美しい。

立ち上る湯気から溢れる香りに、如月は思わずゴクリと喉を鳴らした。

「……またハイカロリーなやつを作ってきたわねぇ」

憎まれ口を叩きながらも、吸い寄せられるように自然と箸が伸びる。

そのまま豪快にかぶりつくと、如月は大きく目を見開いた。

「んんーっ！　ん、んーっ!!」

声にならない声を上げ、身もだえする如月。そのまま仁をじっと睨みつけると、ビールをぐいっとあおり、口元を拭った。

「もう、めちゃくちゃ熱いじゃないの！」

「ええ、だから熱いのでお気をつけください、と」

「そうだけど。確かにそうなんだけど！」

仁のなんともそっけない答えに、如月が再び抗議する。しかし、自分の出した大きな声にふと我に返ると、ひとつ咳払いをしてからいつもの澄まし顔へと戻った。

如月は改めて箸を手に取り、今度は慎重にフライを口へと運ぶ。

がぶりとかぶりつくと、先ほどと同じように口の中へ大量の肉汁が溢れ出した。

箸から手に伝わってくる感触からは、手頃なサイズのトンカツのような料理かと想像していた。実際、最初にかぶりついた時の噛み応えはトンカツのそれを思わせるもの。

表面はからりと香ばしく、それでいて中に嫌な堅さを感じない、極上のトンカツだ。

しかし、まるで小籠包《ショウロンポー》のような勢いで大量の肉汁が溢れてくるのは、普通のトンカツではあり得ないものだ。肉汁の味わいも特徴的であり、舌を燃え上がらせるような、かなり刺激的な辛みが感じられた。とはいえただ辛いだけではなく、辛味のあとをたっぷりとした旨味が追いかけてくる。喉の奥から鼻孔に流れてくる風味もまたパンチの効いたものだ。

如月は手元に視線を落とすと、かぶりついたあとの断面をじっと見つめる。

そこに見えたのは、トンカツとは異なる特徴的な断面であった。

「え？　これってもしかして……そういうこと？」

「はい、言うなれば、『台湾とんかつ』といったところでしょうか」

「なるほどね。言われてみれば、確かに『名古屋の台湾』の味だわ」

名古屋には台湾と名の付く料理が多いが、これらは台湾料理というわけではなく、名古屋で育ったいわゆる『名古屋めし』の一ジャンル。『台湾ミンチ』と呼ばれるピリ辛に味付けされたミンチ肉の炒め物が使われるのが特徴だ。そのルーツは激辛ラーメンとしても有名な台湾ラーメンであり、それをアレンジした台湾まぜそばが新名古屋めしとして広まると、名古屋の至るところで台湾ミンチを使ったアレンジ料理が次々と誕生していった。

そして仁が作った台湾とんかつもまた『台湾』を冠するにピッタリな一品だ。台湾ミンチを生姜焼きに使われるような薄切りの豚肉で包み、パン粉の衣を付けて揚げてある。

メンチカツにも似ているように思えるが、台湾ミンチを包んでいる薄切り肉のおかげで食べ応えがぐっとトンカツに近づいている。肉汁が大量に閉じ込められているのも薄切り肉で包んだ効果のひとつだろう。

さらに、中がミンチ肉なので、ふうわりとした柔らかさもある。台湾ミンチとしてパンチの効いた味付けがされているので、調味料を付けなくても十分においしい。トンカツとメンチカツのよさをハイブリッドした、素晴らしい一品だ。

そしてとにかくビールが進んでしまう。気づけば如月の額にはじんわりと汗がにじんでいた。

そしてふたつ目を口に運ぶと、再び如月がのけぞる。

「んんーっ！　んーっ！　んーんっ!!」

声にならない悲鳴を上げ、身をよじらせる如月。

なんとか口の中を空けると、ビールをぐいっと飲み干した。

「……っはーっ！　仁くん、やってくれたわね？」

タンブラーをドンとテーブルに置きながら、如月が仁を睨み付ける。

しかし、仁はその視線にたじろぐこともなく、淡々と答えた。

「どうやら当たりを引いたようですね。喜んでいただけましたでしょうか？」

「ちょっとやりすぎよ！　いったいどれだけ唐辛子入れたのよ！」

「そうですね……三倍、いや五倍ぐらいでしょうか？」

「別に具体的な数字を聞いてるんじゃないの！　もーっ、こんなの呑むしかないじゃない！　早くビールのおかわりちょうだい！」

如月は注文を追加すると、猛然と台湾とんかつを喰らい始めた。

辛い、でも、旨い。まるで炎を纏ったような刺激的な味わいがこれでもかと言うほど押し寄せてくる。その激しい熱量に、日頃内面に抑えていた欲望、そして感情がどんどん溢れ出した。

額から汗が噴き出すのも構うことなく、ひとつ、またひとつと喰らっていく。ビールをあおるたびに喉から低いうめき声が漏れてしまう。

今日もまた、とんでもない料理を出してきたもんだ。如月は、最後のひとつまで箸の勢いを止めることはなかった。


「ごめんなさい、遅くなっちゃいました」

杏が両手にビニール袋をぶら下げて帰ってくると、屋台にはまだ如月の姿があった。

杏はほっと胸を撫で下ろしながら、キッチン側へと回り込む。

そして荷物を作業台に置くと、そっと如月の様子を覗き込んだ。

「お帰りなさい。買い物は無事に終わったのかしら？」

如月はしなやかな細指でビールが入ったタンブラーの縁をくるくるとなぞりながら、杏へと視線を向ける。

酔っているのか、杏を見つめる目は少しばかりトロンとしており、頬も紅色に染まっていた。よく見れば肌も少しばかり汗ばんでおり、髪も乱れている。なんとも妖艶な雰囲気だ。

杏ははっと気がつくと、そーっと声をかける。

「も、もしかして、帰ってくるの……早すぎまし……た？」

なにかを想像したらしく、杏はあからさまにドギマギとしていた。

その若さたっぷりの反応に、如月は思わず嬉しくなってしまう。

「ふふ、どうかしら？　さてと、私はそろそろお暇しますわね。仁くん、今夜もとっても楽しかったわ」

如月の意味深な言葉に目を大きく見開くと、杏は両手を口元に当てて必死に声を抑えた。

それに対し、仁は普段通りのマイペースで頭を小さく下げる。

「ご来店ありがとうございました。杏さん、下まで送ってあげてください」

「え？　私がですか？　ここは仁さんが送った方が……って、そうか！　わかりました！　スクープになったらマズいですもんね！」

杏はひとり納得すると、腕を組んでうんうんと首を縦に振った。

その様子に仁は首をひねり、如月はふふふっと微笑みを浮かべる。

如月は改めて仁に礼を言うと、暖簾をくぐり階段へと向かう。

薄暗い階段をゆっくりと下りていくと、足をとられたのか如月が体をよろめかせた。

如月よりも先にいた杏がその体をひっしと受け止める。

「大丈夫ですか？　足ひねってませんか？」

「ええ、大丈夫。ちょっとバランスを崩しただけ。でも、ちょっと一休みしていいかしら？」

「も、もちろんです！　あ、よかったらジュース飲まれますか？　さっき買ったばっかりで、まだ口つけていません」

踊り場でいったん足を止めると、杏は鞄の中からペットボトルを一本差し出した。

如月はそれを受け取ると、くるりとキャップを開く。

そしてコクコクと喉を鳴らすと、ふぅとひとつ息をついた。

「こんなにお酒に呑まれていたらダメね。マネージャーに見つかったら『そんなんじゃ、女優失格だー！』ってまた怒られちゃうわ」

「えっ？　大女優の如月さんに失格だなんて……。もしかしてすっごく厳しいマネージャーさんなんですか？」

杏の質問に、如月は首をひねる。

「そうねえ、厳しいことは確かかね。若い頃はうるさーい！って何度も反発したわ。でも、今考えれば理不尽なことは一度も言われてないし、ワガママし放題な私を上手にコントロールしてくれる。彼がいたおかげでなんとかここまでやってこれたんじゃないかな」

「そうなんですね。いいなあ。そういう信頼できる方が一緒にいらっしゃって……。ちょっとうらやましいです」

杏はそう言うと、視線を落とす。自分もそういう人に出会っていればもっと頑張れたのではないか、もっと早くに軌道修正ができたのではないかと感じてしまう。

すると、杏の背中がポンと叩かれた。

「なに言ってるのよ、まだまだ若いんだし、きっとチャンスはこれからも巡ってくるわ。もしその気になったら、いつでも連絡していらっしゃい。もう一度デビューさせてあげるとまでは言えないけど、うちのマネージャーに紹介するぐらいのことはできるわ」

「えっ、本当ですか！」

思わぬ話に、杏が目を輝かせる。

如月もまた、コクリとひとつ頷いた。

「ええ。でも、今すぐってわけじゃないわ。もし女優を目指すのなら、女優として徹底的に貴女を演じなさい。そして、自分がいつでも女優でいられるようになったと思った時に、初めて連絡すること。チャンスは一度きりだと思って、その時をちゃんと見極めること。いいわね？」

「はいっ！　ありがとうございます！」

ペコリと頭を下げる杏の姿に、如月は昔の自分を重ね合わせていた。

素直でいい子だと思うが、彼女が再び芸能界の荒波の中で活躍するにはもうひと頑張り必要だろう。

幸い、この場所にいれば他では経験できないような出会いもある。それを糧にしていくか、はたまた無駄な時間として過ごしていくかは彼女次第。如月はもう一度リンゴジュースを口に含むと、ゆっくりと階段を下りていった。

息を弾ませながら杏が戻ってくると、屋台の屋根の上で居候猫のクロがじっとこちらを見つめていた。

暗闇に光る目に少し驚きながらも、暖簾をくぐって仁に声をかける。

「無事にお見送りしてきました。すぐに片付けやっちゃいますね」

この場所に居候させてもらう代わりの約束を果たそうと袖をまくる杏。

しかし、それは仁によってすぐに止められた。

「片付けはあとでいい。そっちに座って少し待つように」

「え？　は、はい」

機先を制されたような形になり、杏の勢いがしゅるしゅるとしぼんでしまう。

口を尖らせながらも、杏は言われたとおりに丸椅子に腰を落ち着けた。

正面では仁が見事な手さばきで中華鍋を振っている。どうやらなにか炒め物を作っているようだ。業務用コンロの大きな炎の上で食材が踊っている。

すると、仁が鍋を見つめたまま杏に声をかけた。

「そういえば、買い物にずいぶん時間がかかったようだが、なにかあったのか？」

「えっと、実はちょっとトラブルがありまして……」

杏が眉をハの字にして困り顔を見せる。杏の話によれば、買い物に向かう途中でホストの客引きのような男からしつこく声をかけられ、足止めされてしまったそうだ。

「どうせお金なんてないんで、私に声かけてもムダだよなあって思いながらごめんなさいって通り過ぎようとしたんです。それでも、しつこくつきまとってきて、最後には三人ぐらいに囲まれちゃって。その挙げ句、今日はタダにするからーとか言って放してくれなくて……」

「ほう、それはよくないな」

「表の大通りを通ればよかったんですが、繁華街の中を通った方が信号待ちが少ないかなって思っちゃったんですよね……。失敗でした」

杏はそう言うと、しゅんとうなだれる。

仁もまたふぅと息をつくと、続きを促した。

「で、その後、大丈夫だったのか？」

「ええ。身動き取れなくて困ってたら、『おーい、お嬢ちゃーん！』って呼ぶおじさんがいまして。いや、正直全然知らないおじさんだったんでハテナマークがいっぱいだったんですけど、そのまま囲んでいた客引きたちをかき分けて私を外に連れ出してくれたんです」

「ほう」

「で、その人が連れていた他の女の子たちと一緒に、私を大通りまで連れて行ってくれたんです。『ああいうの、うっとうしいよねー』なんて言いながら」

「なるほど、つまりはその人に助けてもらったってことか」

仁の言葉に、杏がコクコクと頷く。正直、その男性がいなければ店に連れて行かれたであろう。いや、もしかするとそれ以上に危ない目に遭っていた可能性だって否定できない。そう考えると、今頃になって身が震えてくる。

するとその時、杏の前にひとつの皿が差し出された。

「熱いから気をつけるように」

「あ、ありがとうございます」

皿の上に盛り付けられていたのは、挽き肉入りの焼きそば。

キャベツの代わりにたっぷりともやしが入っており、ところどころにゴロゴロとした揚げニンニクの姿も見える。黒いお皿の上で唐辛子の赤、ニラの緑、もやしの白、麺の黄色が実によく映えており、見た目にも美しさを感じる仕上がりだ。

そしてなんといっても香りがよい。中華料理らしさを感じるスパイシーな香りが否応なく鼻を刺激する。

杏はゴクリと喉を鳴らすと、割り箸をパチンと割り、手を合わせた。

「ありがとうございます。今日もいただきます！」

具材と共に麺を持ち上げ、ふーっ、ふーっと息を吹きかける。

そしてズズズッと勢いよくすすると、グホッゴホッとむせてしまった。

「んん！　んんんんんん!!」

「ん？　ああ、水か」

杏の声なき言葉を理解した仁が、氷の入った冷水ポットと空のコップを渡す。

それをひったくるようにして受け取ると、急いで水を汲み、勢いよく飲み干した。

「――っからっっ!!　これ、辛すぎですって！」

「だろうな」

竹製の棒たわしで中華鍋をこすりながら、仁が何事もなかったかのように気のない言葉を返す。しかし、その反応に杏がまた怒りを見せた。

「もう、ひどいです！　なんでこんなに辛くするんですか!?」

「んー、それはまあ、あとでこれを食べさせてやってくれと言われたからなんだが」

「えっ？　もしかして、葵さんがそうやって？」

思わぬ答えに驚く杏。仁もまた、杏の疑問に首肯する。

「『私好みの味付けで、なにか食べさせてやって』だそうだ。ああ見えて超激辛マニアなんだよな」

「そ、そうなんですね。ということは、これは葵さんからごちそうしてもらったということに……。うー」

杏は唸りながらも、おそるおそる箸を伸ばす。きっとこれは、如月が杏に課した試練のひとつなのだろう。この激辛料理を食べても、何事もなく平然といられるよう演じてみなさい――杏はこの皿に込められたメッセージをそう受け止めた。

悲鳴が上がりそうになるのを必死でこらえながら、杏が少しずつ、しかし着実に食べ進めていく。

辛さに少し慣れてくると、奥深い味わいが感じられるようになってきた。

シャキシャキのもやしとプツプツとコシのある中華麺の対比的な食感。

しっかり炒められた挽き肉の旨味と少し甘みを感じるタレとの相乗効果。

舌で押しつぶせるほど柔らかく仕上がったニンニクが、ニラと共においしさを爆発させている。

そして、具材や調味料から放たれる強烈な香りの多重奏。ただ辛いだけではなく、激しさの中に秘められている計算され尽くしたおいしさを杏は一心不乱に感じていた。

やがて最後のもやし一本まで食べ終えると、杏はパンと手を合わせる。

「ごちそうさまでした！　すっごく辛かったけど、すっごくおいしかったです！」

「それはなにより。一服したら片付けを頼む」

「はいっ。すぐにやっちゃいます」

杏はそう言うと、さっと席を立ち上がった。

テーブルを拭き、洗い物を手早く片付ける。蛇口をひねると少しぬるい水が流れてきた。

仁は腰に巻いていたエプロンを取ると、首をコキコキと鳴らす。

そして、あとは任せたと一言残し、作業場兼住居として仁が使っているプレハブ小屋と戻っていった。

閑話　妹思いの高校生

「じゃあ、忙しいところ悪いけどあの子のことお願いね」

「任せて。お昼になったらお腹空かせて出てくると思うわ。ほら、時間時間。お母さんも気をつけて」

仕事に出かける母を見送ると、梨花《りか》はふうと息をつく。

昨晩から、我が家には嵐が吹き荒れていた。

その中心にいるのは八歳年下の妹。昨晩から自分の部屋で籠城を決め込んでいる。

朝になって母も私も部屋に呼びに行ったが、中から鍵をかけてしまって出てこようとしない。

十円玉ひとつで開く鍵ではあるが、今はそっとしておいた方がいいだろうという父の意見もあり、無理に扉を開けることはしなかった。

高校を卒業したら、名古屋の専門学校へ進学するためにこの家を離れる。

この話が、自分が思っていた以上に妹にとって大きなショックだったようだ。

もう少し早めに伝えておけばよかったかな――。昨晩この話をした時の妹の様子を思い返すと、梨花の胸がチクリと痛む。

もちろん、地元に残るという選択肢もあった。

飛騨の山奥とはいえ、この家があるのは比較的街場に近い場所である。人手不足の折、自動車の免許さえ取れば自宅から通勤できる範囲内で仕事を見つけるのは決して難しいことではない。生まれ育ったこの場所で暮らしていくのも決していやだとは思わなかった。

しかし、梨花はこの家を離れることを決意する。

なぜなら、梨花にはどうしても就きたい仕事があったからだ。

それは「一流のホテルで働く」ということ。小さな頃から抱き続けていた梨花の夢だった。

梨花がホテルの仕事に興味を持ったのは、小学校に入学する前、春休みを利用して家族で出かけた旅行での出来事がきっかけだった。

まだこの頃は妹がおらず、両親との三人での旅行。梨花にとっては初めての大阪ということもあって、行く先々で目を輝かせていた。

しかし、ホテルについた時に事件が起こる。

ホテルのロビーで梨花の〝友達〟が、いつの間にかいなくなってしまっていたのだ。

〝友達〟とは黒猫のぬいぐるみのこと。両親から誕生日プレゼントとして贈られてから、どこに行くにも一緒に連れて行くほどのお気に入りのものである。この旅行にももちろん連れてきていたのだが、ホテルのロビーでリュックサックを開くとそこにいるはずの〝友達〟の姿がいなかったのだ。

これは一大事。慌ててリュックサックの中をひっくり返すものの、もちろん出てこない。そもそも大人が両手で包み込むほどのサイズのぬいぐるみなのだから、子供用の小さなリュックサックに入っていればすぐにわかるはずだ。

両親の荷物に紛れたのかもと探してみたが、やはり見当たらない。どうやらどこかに置き忘れてしまったようだ。

あまりのショックに、梨花は大声で泣き始めてしまう。

——で、ロビーで大騒ぎになったんだよね……。

実はこのあとのことはあまり覚えていない。しかしあとから聞く限り、ホテルのスタッフも巻き込んでの大騒動だったようだ。未だに両親から「あの時はそれはもう大変だったんだぞ」と言われるほどなのだから相当なものだったのだろう。

結局その日は泣き疲れてそのまま就寝。翌日も出かける気持ちになれず、ベッドから離れようとしなかった。

子供の頃の出来事とはいえ、その時の両親の心労を思うと胸が痛む。

しかし、そこから奇跡が起こった。

ふて寝をしていた梨花が母親に起こされると、なんと机の上に〝友達〟がいたのだ。

驚きのあまり目を見開く梨花。そしてベッドから飛び降りると〝友達〟をぎゅっと抱きしめる。

すると、部屋にいたホテルの女性スタッフが梨花に声をかけた。

「梨花ちゃん、お友達からお手紙だよ」

梨花は目をパチクリとさせながらもそれを受け取ると、そっと中を開き、声に出して読み上げる。

「まいごになってごめんなさい。こんどからはちゃんとてをつないでいるね」

読み終えた瞬間、梨花の目から涙が溢れ出した。

悪いのは自分。自分がちゃんと手を繋いでなかったから、ちゃんと見ていなかったから悪いんだ。梨花は〝友達〟をさらに強く抱きしめながら、ごめんなさい、ごめんなさいと何度も謝った。

やがて梨花が落ち着くと、先程の女性が再び梨花に声をかけてくる。

「ねぇ、さっきお友達に聞いたら、お腹空いちゃったって言ってたんだ。でね、お姉さんがおやつを用意したんだけど、お友達と梨花ちゃんのふたりで一緒に食べてもらってもいいかな？」

「えっ？」

梨花が覗き込むタイミングに合わせて、女性がテーブルの上に置いてあった銀色の蓋を持ち上げる。

すると、その下から色とりどりのフルーツがたくさん載ったパンケーキが現れた。

「うわあ！」

まるで宝石をちりばめたようなパンケーキに、梨花が思わず身を乗り出す。

そして目を輝かせながら両親を見ると、父親がうんと頷いた。

「よかったね。せっかくだからいただきなさい」

「ちゃんと手を拭いてからいただくんですよ」

「うんっ！」

梨花は〝友達〟を皿の隣に座らせると、傍らに添えられていたおしぼりでしっかり手を拭いて、いただきますと大きな声を上げた。

――あれは本当においしかったなあ……。

イチゴにオレンジにマスカット。それにキウイにバナナまで載った夢のようなパンケーキ。シロップに漬け込まれたフルーツは小さかった梨花にとってちょうどいい甘さに仕上がっていた。パンケーキ自体もシロップをたっぷりと吸っていて、どこを食べても大好きなフルーツの味でいっぱい。あの時の味と感動は未だに忘れられない。

〝友達〟を見つけてくれただけでなく、スペシャルなパンケーキという素晴らしいプレゼントまで用意してもらえたことで、悲しい気持ちは一度に吹き飛んでしまった。

そして自分も、大きくなったらこんな素敵なお姉さんになりたい、みんなを笑顔にする仕事に就きたいと思い続けてきたのだ。

そう、自分は周りの人を笑顔にするために、この家を一度離れるのだ。

だったら、まずは妹と向き合って、笑顔で見送ってもらえるようにしないと。

そう考えた梨花は、うんとひとつ頷く。

そして台所へと向かうと、冷蔵庫の中身を確認し、さっとエプロンを身につけた。

「ねぇ、いるんでしょー？　お昼ごはん、一緒に食べようよー？」

扉の向こうにいるはずの妹に呼びかけてみるが、案の定反応がない。どうやらご機嫌は直っていないようだ。

しかし、それも想定の範囲内。梨花は、妹を部屋からおびき出すために用意した言葉を投げかけた。

「そういえば、さっき届いた雑誌にアイドルグッズの付録が付いてきたからどうしようかなーって思ってたんだけど……。うーん、友達にあげちゃおうかなあー」

扉越しに聞かせるように独り言をつぶやくと、やがて部屋の中でガタガタッと音がする。

そして、ギィッという音と共に扉がわずかに開かれた。

「お姉ちゃん、ずるい……」

扉の隙間から垣間見えた妹がじっと梨花を見つめている。その表情は、大いに不服そうだ。

梨花はふふっと笑みを浮かべると、一枚のクリアファイルを妹に見せた。

「これ、欲しい？」

それは妹が憧れている女性アイドルグループの写真が印刷されたクリアファイル。妹は口を尖らせてじーっと梨花を見つめながらも、コクリと首を縦に振る。

「じゃあ、これはあげるから、先にごはん食べよ？　お腹空いたでしょ？」

その言葉に、妹は再びコクリと頷いた。

大きくなってきたとはいえまだ小学四年生。子供盛りの可愛い妹に、梨花はにっこりと微笑んだ。

　ふたりでやってきた台所は、ほのかな甘い香りに包まれていた。

　梨花はテーブルの上に置いた大きなホットプレートの電源を入れると、冷蔵庫の中から食材を取り出していく。

　ボウルに入っているのは少し黄色がかったクリーム色の生地。それにシロップ漬けの果物やバター、それにホイップクリームのスプレーが並べられる。

　その材料に、妹はピンと来たようだ。

「あ、もしかして今日はパンケーキ？」

「正解！　今日はお姉ちゃんスペシャルのパンケーキランチでーす！　ということで、これもちゃんと用意してありまーす」

　最後に冷蔵庫から取り出した器の蓋を取り、妹に中身を見せる。

　すると妹が満面の笑みを浮かべた。

「あ、あんこ！」

「そうだよー。あんこ好きだもんね」

　梨花がそう言うと、妹が満面の笑みでコクコクと頷く。

　子供にしては珍しく、妹は大のあんこ好き。和菓子はもちろんのこと、トーストを焼いた時にもあんこを塗らないと食べないほどの筋金入りだ。もちろんパンケーキにもあんこが欠かせない。それをよく知っている梨花は、妹のためにあらかじめあんこを用意しておいたのだ。

ホットプレートにバターを薄く塗り、温まるのをじっと待つ。やがてプレートからチリチリと音がし始めた

「ねぇ、もう生地入れてもいい？」

待ちきれないといった様子の妹に、梨花が首を横に振る。

「もうちょっと待って。今日はこっちからなんだ」

梨花は別に用意しておいたプラスチックのボトルを手に取ると、ホットプレートの上で逆さまにした。

軽くボトルを押すと、細くなっている先端から生地が押し出され、ホットプレートの上にクリーム色の線がすーっと描かれていく。

卵の殻を半分に割ったような形の下に大きなUの字。内側には「の」の字をふたつに、半分の丸。

梨花がふぅと息をつくと、それを見守っていた妹が首をかしげた。

「……お姉ちゃん、これ、もしかして、私？」

「う、うん。そのつもりだけど……」

妹の冷ややかな視線に苦笑いを浮かべる梨花。

これはやっちゃったかな――。顔を引きつらせたまま梨花が様子をうかがっていると、妹がこらえきれずにぷっと噴き出した。

「もー、お姉ちゃん！　絵下手すぎ!!　これじゃあ〝画伯〟じゃん！」

「し、しかたがないじゃない！　絵、苦手だし……」

「だよねー。お姉ちゃん、お絵書き苦手だもんねー」

キャッキャと笑い声を上げる妹の姿に、梨花はしゅんと落ち込んでしまう。

すると、妹が満面の笑みを梨花に見せた。

「でも、お絵書き苦手なのに私のために頑張って描いてくれたんだよね？　お姉ちゃん、ありがとーっ！」

妹の言葉に、気持ちは伝わったんだなと梨花はホッとする。うっかりうるみかけた目元をそっと拭うと、うんと力強く頷いた。

その間に、ホットプレートの上の絵は少しずつ乾いていく。

やがて、ほんのりと色が付き始めたところで、梨花はボウルを手に取った。

「これくらいでいいかな。そうしたら、この生地をこうやって……」

梨花は絵の上にかぶせるように生地をかけ回す。

しばらくすると、クリーム色の生地に熱が加わり、ふつふつと泡が立ち始めた。

「あとはこれで焼き上がったら出来上がりだよ。うまくいくといいなあ」

「絵はちょっとアレだけどね」

「あー、言ったなあー！」

軽口を叩く妹の頬を梨花がツンツンとつつく。それに対し、妹はやめてよーと言いながらも笑顔を浮かべていた。

ようやく普段の関係に戻れたと、梨花はほっと胸を撫で下ろす。

そして、ふぅと息をつくと、真剣な顔で妹に振り向いた。

「あのね、お姉ちゃん、どうしても将来やりたいことがあるの。それはね、いろんな人を笑顔にするお仕事。今日、こうやってしてあげたように、ホテルの仕事に就いてたくさんの人を笑顔にしたいんだ」

真面目な話を始めた梨花の姿に、妹もまたじっと見つめ返す。

「でもね、そのお仕事をするためにはもっともっとたくさん勉強しなきゃいけないの。本当は家から通えるのが一番なんだけど、この辺りにはそういう学校はないんだよね。だからね、お姉ちゃんは名古屋に引っ越して、そういったお仕事のことを勉強する学校に通うことにしたんだ」

梨花は一度言葉を区切ると、妹の様子をじっとうかがう。

また部屋に戻っちゃうかな、と内心はドキドキしているが、口元は笑顔を保っていた。

静寂の中で、ホットプレートがパチンという音を鳴らす。どうやらサーモスタットが作動してスイッチが切れたようだ。

その音を合図にするように、黙っていた妹が口を開く。

「どうしても、そのお仕事じゃないとダメなの……？」

その質問に、梨花はゆっくりと首を縦に振った。

「お姉ちゃんにとって、とっても大事な夢なんだ。だから……」

続く言葉を梨花ははっきりと口にすることができなかった。

しばらくの静寂のあと、妹がまるでなにかを振り払うかのようにブンブンと首を振る。

「わかった！　じゃあ、私、お姉ちゃんを応援する！　お姉ちゃん、拗ねちゃってごめんなさ……」

言葉が言い終わる前に梨花が妹を抱き締める。

「ちょっと、お姉ちゃん!?」

あまりの力の強さに驚いた妹が声を上げると、梨花がはっと気がついた。

そして目尻を拭きながら、照れ笑いを浮かべる。

「ごめんごめん、ちょっと力入っちゃった」

「もー、びっくりするじゃん！　でも、うん。お姉ちゃんの夢、私が邪魔しちゃいけないよね。だから、名古屋に行っちゃうのは寂しいけど、でも、私、応援する！」

「ありがとう、ありがとう……」

梨花は感謝の言葉を口にしながら、何度も何度も頷いた。

「それに、学校が休みの時とかは帰ってくるんだよね？　会えなくなっちゃうわけじゃないよね？」

「うん。名古屋だったらこっちまで高速バス一本で帰ってこられるからね。時々は帰ってくるつもりだよ」

「それなら安心！　あ、そうだ。お姉ちゃんが名古屋に行ったら、私も遊びに行ってもいい？」

いいことを思いついたとばかりに妹の目がキラリと輝く。

しかし、妹はまだ小学生。梨花として両手《もろて》を挙げて賛成するわけにはいかなかった。

「うーん、それはお父さんやお母さんのオッケーが出たら、かな」

「オッケー出たらいいんだよね！　じゃあ、名古屋に行ける時にはいっぱい案内してもらおうっと。せっかくならライブがある時がいいなあ。あ、お小遣いやお年玉もちゃんと貯めておかなきゃ！」

ひとりで皮算用を始めた妹の姿に、梨花はやれやれと息をつく。

そしてふっと頬を緩めると、うんとひとつ大きく頷いた。

「さーて、そろそろ焼けたかなー？　キョウコ、ひっくり返してみる？」

「いいの？　やってみるー！　あ、二枚目は私がお姉ちゃんを描いてあげるね！」

「ありがとう。じゃあ、火傷しないように気をつけてね」

梨花はそう言うと、フライ返しを妹に渡す。

名古屋に引っ越すのはまだ少し先の話。それまではこうして妹との思い出をたくさん作っていこう。そう心に誓う梨花であった。

第三章　成り上がりの不動産オーナー

「三橋《みつはし》さん、いつも本当にありがとうございます。では皆さん、いただきましょう」

「はーい、かんぱーい！」

隣に座った小《ちい》ママの挨拶のあと、ぐるりと囲んでいるキャストたちがグラスを重ね合う。それに合わせ、三橋剛《ごう》もピンク色に泡立つグラスをすっと掲げた。

馴染みの店の周年祝いには〝ドンペリのピンク〟を振る舞うのが三橋の流儀だ。少々古くさい趣味だとは思いつつも、ママやキャストが喜んでくれるのを見ると悪い気はしない。もっとも、旨い酒を喜んでくれているのか、高い酒を喜んでくれているのかはわからないのだが。

一口だけ口をつけてからテーブルにグラスを置き、ソファにどっかりと背をもたれる。ここ最近珍しく忙しかったせいか、少し疲れがたまっているようだ。

若い頃はもっと馬力があったなあ――三橋が昔の自分を思い出す。

田舎の高校を卒業するとすぐに名古屋に出てきて、裸一貫でがむしゃらに働き続けてきた。稼いで稼いで成り上がることだけを考え、無茶なこともし続けた。

そして稼いだ金を元手に、二十八の時に始めた飲食店が大当たり。あっと言う間に三十店を超える規模にまで成長し、全国展開も視野に入ってきた。

自分でどこまで伸ばせるか試してみたかった気持ちはある。実際、証券会社の誘いに乗って株式上場の準備も始めていた。しかしある日、いつものように目を覚まして身支度を整えていると、鏡に映った自分がすごくつまらない顔をしていると思ってしまったのだ。

次々と店舗を増やし事業を成長させていくことの充実感はたまらない。自分の打つ手がズバッとハマってドライブしていく時などは、脳内でなにかが溢れてるんじゃないかと思うほどの快感に浸ることもできた。

しかし、組織が大きくなり、上場を目指すという段になると、それらが許されなくなった。現場に降りて全てをつぶさに見てきた自分が、今度は組織のテッペンからあれこれ指示を出す立場に変わる。

もちろん、組織として仕事をする仕組み作りが大事だということぐらい、自分にも十分にわかっている。しかし、出社したら社長室でハンコをつき、部下たちの会議に付き合い、来客のご機嫌を損ねないように相手をする毎日を繰り返しているうちに、これで自分は満足なのかと疑問を持ってしまった。まあ、正直走り続けて疲れていたんだろう。

結局、土壇場になって上場を取りやめ、同業の大手企業に会社を売り払う道を選択した。これがベストな選択だったかどうかは未だにわからない。ただ、会社を売却することによって普通にサラリーマンとして働いていたのでは得られないほどの財産を築くことができたのは紛れもない事実だ。

その財産でこの辺りの繁華街にある手頃なビルをいくつか購入し、今は不動産オーナーとして暮らしている。いわゆる〝夢の不労所得〟というやつだ。

所詮は妻も子供もいない独り身なので、ヘタな博打を打たなければ一生遊んで暮らしていけるだろう。ドンペリの一本や二本、別に痛くもかゆくもない。

その時、新人らしき若いキャストが能天気な声を上げた。

「ねぇ、お腹空かなーい？」

そう言われてみれば確かに軽く腹が減ってきた。若い頃のようにガツガツと食えるわけじゃないが、それでもまだステーキの一枚や二枚ならペロッといける。旨いメシは人生の彩りだ。

三橋はよっこいせと体を起こすと、先ほどの新人キャストに声をかける。

「腹減ったんなら、なんでも頼んでいいぞ。なにが食べたい？」

その言葉に新人がぱーっと表情を輝かせた。

そして、屈託のない笑顔でリクエストを告げる。

「んー、今日はローストビーフが食べたーい！」

するとすぐさま、小ママが割って入ってきた。

「んもう、こんな時間にローストビーフを出前してくれるお店がどこにあると思ってるの。三橋さんごめんなさい。この子、まだ世間ってものをよく知らなくて……」

小ママが頭を下げているのが響いたのか、新人も小さくなって頭を下げる。

でも、なるほど、ローストビーフか。

確かに肉っ気のものが食いたい気がするが、かといってさすがにこの時間では揚げ物や脂ぎったギラギラのステーキって気分じゃない。ローストビーフならそこまでこってりはしていないだろうし、酒のつまみにはちょうどよさそうだ。

とはいえ、夜も深くなってきたこんな時間にローストビーフを出前してくれる店などない。いや待てよ、もしかしたらアイツならなんとかしてくれるかも。最近になって手伝いを入れたという話も聞いたし、頼んでみる価値はありそうだ。

三橋はポケットからスマートフォンを取り出すと、電話をかけ始めた。

「おう、俺だ。いや、オレオレ詐欺じゃないから。ちょっと頼みがあるんだが——いや別に金の話じゃねえよ。ちょっとな、今からローストビーフって出前頼めるか？——いや、それはわかってるって。ただ、女の子にせがまれちまってなあ……、ん？時間がかかる？　ああ、それくらいなら大丈夫。のんびり待ってるさ。場所はすぐにメッセージで送る。無理言って悪いな。今度、なんか埋め合わせするわ」

三橋は電話を切ると、ふぅと息をつく。そして、小ママやキャストたちに向けて満面の笑みを見せた。

「喜べ。今日は極上のローストビーフが食えるぞ」

その言葉に、キャストたちがキャーッと黄色い声を上げた。

ひとり、小ママだけが心配そうに三橋の顔をうかがっている。

「三橋さん、本当にいいんですか？　ご無理なさらなくても」

「いいっていいって。ローストビーフと聞いて、俺が食いたくなっただけのこと。少し時間がかかるみたいなんだが、店、もう少しいいだろ？」

「ええ、それは大丈夫だと思いますが……」

小ママがカウンターを見ると、この店の主であるママがコクリと頷いた。

「よし、まだまだ夜はこれから。今日はじゃんじゃん呑もうぜ。とりあえず、ウーロン茶一杯！」

「えーっ、ここでまさかのウーロン茶ー？」

三橋の鉄板ネタに、若いキャストたちがケタケタと笑い始める。

これでよし。三橋もまた、にんまりと笑っていた。

＊＊＊

「すいませーん。ローストビーフの出前、こちらで合ってますでしょうか……？」

重厚な木製の扉を開き、杏がおそるおそる店内を覗く。仁から指示された店はここで合っているはず。しかし、このような店に来たことがない杏は、もし間違っていたらと思うと不安を拭うことができなかった。

しかし、その心配は杞憂だったようだ。キャストらしき煌びやかな女性たちに囲まれていた壮健な男性が、杏に向けて手招きをするのが見えた。

「あ、君が杏ちゃんかな？　悪いけど、こっちに頼むわ」

「は、はいっ」

杏は短く答えると、男のもとへと向かう。

あれ？　どこかで会ったような？

杏が目をパチクリとさせていると、男がマジマジと顔を覗き込んできた。

「あれ？　杏ちゃん、最近どっかで会ってない……？」

「えー、今時そんな古典的な手、使うー？」

キャストのひとりがケラケラ笑いながらツッコミを入れる。

「違うって。いや、これは冗談じゃなくてさ。割と最近、ホントにどっかで会ってる気がするんだけど……」

その言葉に、杏は紙袋をぶら下げたままさらに首をひねる。そして、ハッと気がつくと目を大きく開いた。

「あっ！　あの時助けていただいた……!!」

「あー！　チンピラみたいなホストに囲まれた姉ちゃんじゃん！」

男も相手のことを思い出し、ポンと手を打つ。

そして相手の名前を思い出し、杏が慌てて頭を下げた。

「確か三橋さん、でしたよね？　その節は本当に助かりました。ありがとうございました」

「いいってことよ。別にたいしたことはしてねえし」

「すごーい！　本当に救世主だったの？　ってことは、これって運命の出会いじゃん！」

キャストのひとりがそう言うと、他の女性たちもキャーキャー言いながら同調する。

どうしていいかわからず、杏はまごまごしてしまう。

すると三橋が囲んでいる女性たちをたしなめる。

「ったく、こんな可愛い子をからかったらアカンで。杏ちゃんも、困っとるやないか。それはそうと、荷物とりあえずこっちに置いてもらおかな」

「あ、は、はい！　それでは失礼します」

三橋に言われて役目を思い出した杏が、紙袋の中のものをテーブルに並べていった。

箱に入っていたのは二種類の料理。ひとつはロゼ色の断面が美しいローストビーフのオードブル。そしてもうひとつは、野菜と共にローストビーフがたっぷりと挟まれたサンドイッチだ。

見事な仕上がりのローストビーフに、小ママやキャストたちからどよめきが上がる。それに釣られるかのように、ママもカウンターからこちらを覗き込んでいた。

それに気づいた三橋が、カウンターに向けて声を上げる。

「ママー、お皿とお箸借りてもいい？」

「はーい、今お持ちしますねー」

ママはにっこり微笑むと、キャストのひとりを手招きしてお皿を用意し始めた。

三橋は満足そうに頷いてから、所在なげに立ったまま固まっている杏に声をかける。

「よし、杏ちゃんもこっちにおいで。一緒に食おうぜ」

「え？　でも私、戻らないと……」

「戻ったところでどうせ片付けだけだろ？　だったらアイツひとりでも十分できる。俺からちゃんと連絡しておいてやっからさ」

三橋はそう言うと、ポケットから再びスマートフォンを取り出し、慣れた手つきで素早くメッセージを送った。ほどなくして、着信音がピロローンと鳴る。

「ほい、オッケー出たよ」

三橋に見せられた画面を覗くと、そこにはやたら可愛い絵柄のスタンプが押されていた。普段とのギャップに杏は思わず噴き出してしまう。

「ということでオッケーも出たし、杏ちゃんもほら、座って座って」

「で、でも、私、お金持ってませんので……」

落ち着いた設えに豪華なシャンデリア、そしてずらりと並んだ美人のキャストたち。いかにも高級そうなクラブだ。こんなところに座ってしまったらいくら請求されるかわからない。相変わらず金欠まっただ中の杏では、とても客になることなどできるはずがない。

しかし、三橋はチッチッチッチッチッと指を左右に動かす。

「そんなことは気にしなくていいって。俺が誘ったんだから、俺が全部持つ。それが俺の流儀。それに、アイツと絡みのある奴なら身内みたいなもんだし」

「とか言ってー、杏ちゃんがめっちゃ可愛いから帰したくないだけでしょー？」

「あー、ばれたー？」

キャストの軽口に、三橋がペロッと舌を出しておどける。

そして杏へと改めて視線を向けると、にこっと笑みを浮かべる。

「まあ、無理にとは言わんけどさ。でも、アイツの作ったローストビーフ、食べてみたくないか？」

その言葉に、杏がゴクリと喉を鳴らす。

確かに、調理中からすごくいい匂いがしていた。仁の料理の腕の確かさはこれまで食べさせてもらったごはんで嫌と言うほど知っているが、残り物を使ったまかないか、もしくは新作料理の試作品が基本であり、客に出すための料理はまだ味わったことがない。ましてやローストビーフだ。若い杏にとっては、それは大変に魅力的だった。

杏は数瞬考えたあと、おそるおそる三橋に声をかける。

「本当にいいんですか？」

「遠慮すんなって。どーんと任せておきなさい。じゃ、杏ちゃんに席を用意してあげてー」

「はーい、じゃあそっち側がいいかな？」

三橋の言葉を合図に、小ママがキャストたちに指示を出す。

テキパキと席の移動が行われ、三橋の右隣に杏の席が設けられた。

「はい、ではこちらへどうぞ。改めていらっしゃいませ、ようこそ『和夏《わなつ》』へ」

「あ、ありがとうございます。どうか、お手柔らかに……」

小ママから渡されたおしぼりを手に取ると、杏が身を縮めながら挨拶を返す。

その間に他のキャストたちが手際よく皿にオードブルとサンドイッチを取り分けていた。

「杏ちゃんは水割りで大丈夫？　それともウーロン茶とかにしておく？」

「あ、そうしたら、水割りでお願いします」

杏が注文すると、キャストのひとりが三橋の名が記されたタグ付きのボトルを手に取る。そして氷の入ったグラスにウィスキーを注いだあと、水を加えてマドラーでクルクルと回していく。

洗練された美しい所作に、杏が思わず見惚れてしまう。

水割りとほぼ同時に料理も取り分けられ、杏の前にも並べられる。

杏はいつものように手を合わせ、「いただきます」と唱えてから、まずはオードブルへと箸を伸ばした。

オードブルはレタスやにんじん、かいわれ、きゅうりなどの野菜をローストビーフで巻いたもの。仁曰く「ローストビーフの巻きサラダ」らしい。色とりどりの野菜とロゼ色のローストビーフのコントラストが美しい一品だ。

杏はそれをひとつ取ると、口の中へと放り込む。最初に薄切りにされたローストビーフのもっちりとした食感が広がると、そのあとで野菜のシャキシャキ感が追いかけてきた。

「んーっ！　おいしーっ!!」

「え？　これめっちゃすごくない？　んまっ！」

席を囲んでいる女性キャストからも、次々に賛辞が上がる。その言葉に心の中で頷きつつ、杏もまたそのおいしさを噛みしめていた。

ロゼ色に柔らかく仕上がったローストビーフは、塩胡椒のみのシンプルな味付けながら肉本来の味わいが堪能できる。脂分が比較的少ない赤身肉を使っていることもあり、とろけるような旨さとは一線を画す、噛めば噛むほどおいしさが溢れ出してくる仕上がりだ。

そのローストビーフの味わいを何倍にも膨らませているのが、中に巻かれている野菜である。野菜にはマスタードとハチミツをベースとしたドレッシングが和えられており、それが肉に対するソースの役割も果たしていた。マスタードの辛みとハチミツの甘みの対比がおもしろく、ビネガーの適度な酸味も効いている。

さらにはローストビーフの裏面にバルサミコ酢がさっと塗られており、これが深みとコクの隠し味となって、気品を感じさせる味わいへと昇華させていた。

なんと言っても脂身の少ない肉でたっぷり野菜が巻いてあるので、夜遅い時間でも罪悪感なく食べられてしまう。事実、お店の女性たちも満面の笑みで気兼ねなく箸を伸ばしていた。

そうなると、サンドイッチの方も俄然気になってくる。杏は箸を手元に置くと、手拭きを確保してからサンドイッチに手を伸ばした。

パンの白、水菜の緑、ローストビーフの赤の三色は見ているだけでおいしさが伝わってくる。女性が食べやすいように配慮しているのか、一口サイズにカットされているのがまた憎らしい。

口へと運べば、先ほどの巻きサラダとは全く違うおいしさが口いっぱいに広がった。

サンドイッチのソースに使われていたのは、ツーンとした辛みを感じるマヨネーズソース。確かこれにはワサビが入っていたはずだ。思いのほか強い辛みに杏が思わず天を仰ぐ。

しかし、そのソースがローストビーフによく合っているのだ。肉の嫌な臭みを消し、野菜巻きのハニーマスタードソースとはまた違った形でおいしさを引き出している。全く同じローストビーフを使っているはずなのにこれほど違いがあるとは、杏はただ驚くしかなかった。

「やっぱりアイツの料理はうめえなあ。なあ、みんなもそう思うだろ？」

サンドイッチをパクリと一口で頬張りながら、三橋が女性たちに声をかける。

すると、小ママがうんうんと何度も頷きながら反応した。

「これ、本当にすごいわ。だって、頼んでから一時間も経たずに持ってきてくださったんですよ。私も料理が好きなので何度かローストビーフを焼いたことがありますけど、何時間もかかったように思いますの。だから、本当にびっくりで……」

「えっと、実はこれなんですけど……、電子レンジで作ってるんです」

「え？　電子レンジで⁉」

杏からの思わぬ一言に、小ママが驚きの声を上げる。

杏はこくりと頷くと、つい先ほど見てきたばかりの作りかたを説明し始めた。

「私も驚いたんですけど、本当に電子レンジで作ってました。それもほとんど放置してただけです。最初に牛肉を冷蔵庫から取り出して塩胡椒したら、ラップに包んでそのまま放置。その間に野菜を刻んだりパンをスライスしたりドレッシングとか作ってました。で、他の材料を一通り準備したら、お肉にフライパンで焼き目をつけて、またラップに包んでレンチンしてたんです。途中でひっくり返しながらでしたが、五分ぐらいだったと思います。それをまたしばらく放置したら、もう出来上がってました」

「へー、すっごーい！」

気がつくと、席を囲んでいた女性キャストたちが一斉に杏へと視線を送っていた。

杏は急に恥ずかしくなり、身を縮ませる。

「あ、あの、私は正直見てただけで、料理したとかそういうのじゃないんで……」

「まあ、確かにスゴイのはアイツだわな。しかしなるほど、レンチンか。またすごいテクニックをぶっこんできやがったな」

顎に手を当てながら、三橋が感嘆を漏らす。

その作りかたはお店の女性たちにも好評だったようだ。

「レンチンなら私でもできそうだし、一度お家でやってみようかなあ」

「んー、あんたはやめておきなさい。塩と砂糖間違えそうだし」

「そうそう、お肉がもったいないことになるから」

「ひどーい！　私だって料理できるもん！」

「じゃあ、最近どんな料理作った？」

「んー、卵かけごはん？」

「……それを堂々と料理と言えるアンタがすごいわ」

女性たちの掛け合いにどっと笑い声が起きる。釣られて杏もクスクスと笑っていた。

すると、小ママが杏の顔をマジマジと見つめ、そして声をかける。

「杏ちゃんの笑った顔、すっごく可愛いね」

「え？　あっ……」

突然違う方向から話を振られ、杏はキョロキョロとしてしまった。

そして自分のことを言ってるんだと気づき、慌てて首を横に振る。

「い、いえ、私なんてそんな……」

「いーや、絶対可愛いよ。私の可愛いセンサーがそうだって言ってる。というか、目鼻立ちも整ってるし、めちゃくちゃ美人だよね。ぱっと見だけど、ほとんど化粧とかもしてないんじゃない？」

「あ、は、はい。少しだけリップを塗っているくらいで、あとは特に……」

杏がそう答えると、周りの女性たちからも羨望を含んだ声が上がった。

「いいなー、ナチュラル美人、最強じゃん！」

「私なんか毎日ものすごく化粧に時間かかるのにー」

「あなたはほら、毎日油絵レベルの化粧が必要だから」

「えー、それひどくなーい!!」

女性たちが軽口を叩き、そして互いに笑い合う。

そんな様子を見て、杏は少しだけうらやましいと感じていた。

アイドル時代は他のメンバーたちとこんな風に軽口を叩き合うことなんてなかった。

同じグループに所属はしていても、あくまでもライバル同士という関係。叩き合うのは陰口であり、笑顔は見せても腹の探り合いばかり。そんな人間関係に正直疲れていたのも事実だ。

すると、杏の表情からなにかを察したのか、三橋が声をかけてくる。

「いい店、だろ?」

その言葉に杏がコクリと頷く。

「俺もこの辺でいくつか店を貸しているが、やっぱり長く続く店ってのは居心地がいいんだよな。特にこういう店はそう。いい客がついて、いいキャストが集まって、いい関係が出来上がる。まあ、そういう店になってるのも、ここのママや小ママの腕がそれだけいいってことなんだけどな」

「あら珍しい。お世辞言ってもなんにも出ませんよ？」

「残念、今晩一晩ぐらい付き合ってもらえるかと思ったのに」

小ママの言葉に三橋がおどけて見せた。それを見て、杏もくすっと笑みを浮かべる。

その笑顔に、三橋もまた頷いた。

「うん、やっぱり笑顔の方が可愛いな。その笑顔がありゃあこの店でも通用するんじゃねえか？」

「えっ？」

思わぬ一言に、杏が目を点にする。

小ママも三橋の言葉に首肯した。

「そうねえ。ちょっと真面目そうな雰囲気はあるけど、そういう子が好きなお客様もいらっしゃるし、うちでも十分やっていけそうね。どう、こういう世界には興味ないかしら？」

「え、えっと、その……」

突然の質問に答えがまとまらず、杏が言葉を詰まらせる。

確かに今の杏にとって仕事を見つけるのは最優先事項だ。もしこういう場所で働けるのなら、収入面も決して悪くはないだろう。同じ夜の仕事でも、路頭に迷いかけた時に行こうとしていた方向よりはよっぽどいい。

しかし、果たして自分についていける世界なのだろうか。人付き合いがあまり上手な方ではない自分には難しいのではないかとも感じてしまう。

杏が悩んでいると、カウンターからママが声をかけてきた。

「いきなり聞かれてもわからないわよね。煌びやかに見える世界だけど、やっぱりそれなりの努力は必要だしね。腹をくって覚悟をしないとつらいだけというのも正直なところよ。でも、もしその覚悟ができるなら、うちとしてはウェルカム。古い言いかたになっちゃうけど、オンナを磨くことができるのは間違いないわ。うちの小ママも最初は本当にどうなることかと思ったけど、今は素敵なレディになって……」

「えー、って言いたいところだけど、うん、ママのおかげで立派にさせてもらったのは間違いないわ。まあ、そりゃ鬼のようだと思ったことは一度や二度じゃ……」

「あら？　なにか言ったかしら？」

「いいえ、なんにも言ってませーん」

ママの質問に、小ママがとぼけて答える。

杏はふたりの顔を交互に見ながら、ふんふんと何度も頷いた。

杏の脳裏に先日出会った大女優の言葉がよぎる。

もしかしたら、こういう世界に飛び込むのも、将来の夢に向けた貴重な経験になるのではないだろうか。心がゆらぐ。

するとその様子を見た三橋がポンとひとつ手を叩いた。

「よし、そろそろ店も終わりだろ？　そしたらせっかくだし、みんなでアフター行って、杏ちゃんにこの世界の話をいろいろ聞かせてやるのはどうだ？」

「え？」

一度落ち着こうと水割りのグラスを手にしていた杏が、そのまま固まって目をパチクリさせる。

代わりに反応したのは小ママだった。

「あ、それいいかも！　杏ちゃんともっと仲良くなりたいし、明日の予定が大丈夫だったらこのあと一緒にどう？」

小ママからの問いかけに、杏が冷や汗を流す。

「時間は大丈夫ですし、私もぜひ皆さんのお話を聞きたいと思うんです。でも、懐事情が……」

「あー、それは多分大丈夫。ねー、三橋さん」

「ったく、すぐにこっちの顔を見やがって。はいはい、これは杏ちゃんのための軍資金だからな」

三橋は財布から紙幣を数枚取り出すと、小ママにさっと渡した。

それを見て、杏が慌てて首を振る。

「いやいや、そんなの申し訳ないです」

「いいのいいの。こうやってかっこつけるのがこの人の趣味なんだから」

「別に趣味ってわけじゃねえよ。まあ、でもこれくらいは心配するな。アイツが世話になってる俺からの礼ってことで」

お世話になっているのはこちらの方だと言いかけた杏だったが、その言葉が口元に当てられた三橋の指によって制されてしまった。

すると、カウンターにいたママから声がかかる。

「いつもありがとうございます。でも、今日は三橋さんはご一緒されないんですか？」

「ああ、俺がいたら話しづらいこともあるだろうしな。それに、ちょっとこのあと行きたいところもあるし、また今度にさせてもらうわ。じゃ、俺はこの辺で。杏ちゃん、遠慮せずに楽しんどいてな」

「は、はいっ。ありがとうございます」

さっと席を立って店を後にする三橋。その後ろ姿に、杏は席を立って深々と頭を下げた。

＊＊＊

店を出た三橋が向かったのは、繁華街の外れにある古びたビルの屋上であった。

およそこの場所にふさわしくない一軒の屋台に真っ直ぐ向かうと、暖簾をくぐり、キッチンに立つ梟の仮面をかぶった男へ声をかける。

「おう、邪魔するで」

「邪魔をするならどうぞお帰りください。出口はあちらです」

「あいよー。って、んなわけあるかい」

仁のあしらいに対してなめらかに言葉を返すと、三橋は屋台のテーブル前に置かれた丸椅子にどかっと座り込む。

すると、足下にいた黒猫がニャアと抗議の声を上げて飛び出していった。

これは悪いことをしたな、とバツが悪そうにしている三橋に、仁が冷たいお茶とおしぼりを差し出す。

「そろそろいらっしゃると思っていましたよ」

「なんだ、やっぱりお見通しじゃねえか」

三橋はおしぼりを広げると、ゴシゴシと顔を拭き始めた。アツアツのおしぼりがなんとも心地よい。顔がさっぱりしたところでふぅと息をつき、使い終えたおしぼりを脇に置く。

「いつもの、頼むわ」

三橋はそう言うと、抱えていたセカンドバッグから文庫本を一冊取り出した。

この年になってようやく小説のおもしろさというものが少しずつわかるようになってきたように思う。以前に知り合った小説家から、お近づきの印にと文庫本をもらったのがきっかけだったが、読んでみるとなかなかおもしろい。最初は小難しい言葉が並んでるんじゃないかと身構えていたのだが、読んでみたら全然そんなことはなかった。むしろ小説の中の世界にドンドン引き込まれていってしまった。最初に出合ったのが自分にとって相性のいい作品だったのも幸運だったのかもしれない。

ペラリペラリとページをめくっていると、程なくしていい香りが鼻をくすぐってきた。ソースの焦げる匂いというのはいつの時代でもいいものだ。

「まずはこちらからどうぞ」

仁から声がかかると、三橋は本にしおりを挟んでから皿を受け取る。

少し小ぶりの皿に盛り付けられていたのは、濃いブラウンに染まったキャベツの炒め物。そしてその横に揚げた赤ウインナーが添えられている。先ほどのローストビーフとは真逆の、実に家庭的かつ庶民的な一皿だ。

三橋は箸を手に取ると、まずはキャベツ炒めを一口つまむ。

熱が加わってしんなりとしたキャベツを口に含むと、少しだけツーンと刺激のある、それでいてなんとも香ばしいソースの香りが鼻の奥にふわんと立ちこめた。そしてそれを追いかけるようにソースの適度な酸味と旨味が口の中に広がっていく。昔から慣れ親しんだ、いつもどおりの味と香りだ。

続いて赤ウインナーを口の中に放り込む。今時の高級なウインナーとは違った、ふわっとした独特の食感。肉汁が溢れるようなことはなく、良く言えばシンプル、悪く言えば単調な味わいである。

しかし、それをソースで炒めたキャベツと合わせて食べると、なぜかおいしさが何倍にも膨れ上がるのだ。ソース、キャベツ、赤ウインナー、それぞれの風味がうまい具合に相乗効果をもたらしているのか、それとも過去の記憶が味を美化させているだけなのか。いずれにしても、三橋にとってこの組み合わせは鉄板、今読んでいる小説の言葉を借りれば「黄金のマリアージュ」だ。

「いつもこんなもんばっかりで、悪いな」

三橋がこぼした言葉に、次の料理に取りかかっていた仁が首を横に振る。

「お客様の求めるものを作るのが料理人の役目ですので」

「とはいってもよ、お前みたいな一流の腕を持つ人間に、やれキャベツのソース炒め作れだの、赤ウィンナーの素揚げを作れってのは相当無茶な話だと思うぜ」

「でも、先ほどはローストビーフをご注文いただいたじゃないですか」

「あれはこう、他に頼めそうなところを思いつかなかっただけだ。七割がたは断られると思ってたし」

「せっかくのご依頼でしたからね。存分に腕を振るわせていただきました。ただ、次からはできればもう少し余裕をもってご依頼いただけると助かりますが」

「そりゃそうだろうな。いや、次からは気をつけるわ」

仁のもっともな意見に、三橋も首肯する。

すると、仁が再び手を動かしながら、三橋に質問を投げかけた。

「そういえば、杏さんは粗相《そそう》などしていませんでしたか？」

「ああ、全然問題ない。キャストたちともすぐに打ち解けてたし、失礼なこともなにもない。むしろ小ママが気に入ったみたいでな、本人さえその気ならそのまま雇おうかって勢いだったぜ」

「そうですか」

三橋の言葉に、仁がコクリと相づちを打つ。

熱した油が入った鍋からシュワーッと音が聞こえてきた。

三橋は再び小説を手に取るが、それを開かぬまま仁に問いかける。

「いったいどういう風の吹き回しだ？」

「なんでもないです。ただの気まぐれです」

仁は淡々と答えるが、三橋はなおも首をひねる。

「お前がやることだから信用してるし、手伝いを入れる気になってくれたのも俺としてはむしろ嬉しいぐらいだ。だが、無理はするんじゃねえぞ。前みたいにお前の料理が食えなくなっちまうのが、俺としては一番困るんだ」

その言葉に、仁は小さな黙礼で答えた。

梟の仮面に隠れた表情をうかがい知ることはできない。三橋がふぅと息をつく。

ほどなくして、ふたつ目の料理が三橋の前に並べられた。

ピンポン球より一回り大きな丸いおにぎり。これもまた三橋の「いつもの」である。

「お待たせしました。どうぞお召し上がりください」

三橋はこくりと頷くと、黙っておにぎりに手を伸ばした。

パクッと一口で頬張ると、ゆっくりと噛みしめていく。あおさ海苔《のり》の海の風味と、炒られた小さな干しエビの香ばしさがじんわりと広がっていく。カリカリとした食感は丁寧に細かく作られた天かす。それらがおにぎりに効かせた塩気と相まって、何重にもおいしさを奏でていた。

うん、うん、と何度も頷くと、三橋が感慨深げにポツリとつぶやく。

「これを天むすだと思ってたんだよなあ」

いわゆる貧困家庭で育った三橋は、大人になるまで本当の天むすというものを食べたことがなかった。その代わりに縁日の屋台で働いていた母が作ってくれたのが、商売もののあおさ海苔や干しエビ、天かすをご飯に混ぜて握ったこの『天むすもどき』だった。

おそらく、退屈している小さな自分をなんとか宥めようと作ってくれたのだろう。忙しく働く母の背中をじっと見ながらかぶりついていたのが今でも思い出される。

今ならちゃんとした天むすを買うことぐらい造作もないし、その気になれば目の前にいる梟の仮面の料理人に「最高級の天むすを作ってくれ。金に糸目はつけない」と頼むことだってできる。たとえ一個一万になろうが十万になろうが、それくらいで痛むような懐事情ではない。

そう、所詮は気楽な独り身。後生大事に金を抱えていたって、死んでから彼岸《ひがん》に持って行けるわけではないのだ。だったらパーッと使ってしまったっていいじゃないか。

酒もろくに呑めない自分が夜の街を渡り歩くのもそのひとつ。金を落としてさえいれば、女たちもどんどん寄ってくる。そんなんで寂しくないのかと言う奴もいるが、自分にはこれが心地いいんだ。

それでも。

なにかの拍子にドロリとした感情が鎌首がもたげてくることはある。ここまで決して綺麗事だけでやってきたわけではない。影に捨ててきたものたちに摑まれ、闇に呑まれそうな感覚になることだってある。

そんな時こそコレだ。この『天むすもどき』を食って、それが旨いと感じる自分を確認する。俺はまだ〝人間〟でいられると。

ひとつ、ふたつ、三つ、四つ。そして最後のひとつまで三橋は黙々と食べ続けた。

「どうぞ」

食べ終わる頃合いに合わせ、仁がお茶をそっと差し出す。

ぬるめのお茶がなんとも心地いい。三橋はふぅと息をついた。

「ごっそさん」

財布の中から数枚の紙幣を無造作に置き、三橋が席を立つ。

そのお金をじっと見つめたまま、仁はただ立ち尽くしていた。

梟の仮面の下は、きっと困り顔だろう。三橋が澄ました顔で言葉を続ける。

「さっきの出前代込みってことだ。それでも気になるなら、釣りはあの嬢ちゃんに。なにか旨いもんでも食わせてやってくれ。じゃあ、また来るわ」

三橋はそう言うと、さっと手を上げて暖簾をくぐる。月の光が妙にまぶしく感じられた。

＊　＊　＊

「飲みすぎましたー」

屋上の屋台へと杏が戻ってきたのは、三橋が店を出てしばらくしてからのことだった。

真っ青な顔をしてカウンターに突っ伏す杏の前に、仁が水の入ったコップを置く。

「今日は早々に寝てしまいなさい」

「でも、片付けが……」

「もうとっくに済んでいます。まあ、たいした片付けもありませんでしたが」

「うー、ごめんなさいー」

謝罪の言葉を口にするも、杏の口からは苦しそうなうめき声が漏れていた。

お店のお姉さんたちとの話が盛り上がってしまい、ついついペースが上がりすぎていたらしい。三軒目の店を出て、彼女たちと別れる頃まではまだ元気だったが、その後急に酔いが回ってしまった。このビルにつく頃にはすっかり千鳥足。階段を上るのも一苦労だったのは言うまでもない。

アイドル時代は面倒を起こさないよう注意していたし、未成年も一緒に住んでいた寮での飲酒も禁止されていたので、ここまで深酒をした経験はない。

明日はきっと二日酔いなんだろうな……。杏が戦々恐々としながら、今の苦しさをふぅふぅと逃していく。

するとそこに、鼻孔をくすぐるいい匂いが流れてきた。

「これを飲んでおきなさい。多少はましになるだろうから」

声の方向に上目遣いで視線を送ると、梟の仮面がこちらを見つめていた。

机に置かれた朱塗りの椀から、白い湯気がゆらゆらと立ち上っている。どうやら仁がなにか作ってくれていたらしい。

正直、食べ物を受け付けるかどうか心配だが、せっかく仁が作ってくれたものなのだから、一応見るだけ見ておこう。

そう考えた杏は、重い体をゆっくりと起こした。

「あ、お味噌汁……」

椀に注がれていたのは赤出汁の味噌汁。その中には小さめに刻まれたキャベツとにんじん、それになにか粒状のものがぷかりぷかりと浮かんでいる。そして香りが実にいい。

杏は自然と椀を口元へと運んでいた。

「……おいしい」

杏がポツリと言葉をこぼし、また一口すする。

これは貝類の風味だろうか。普段の赤出汁とは違う、海を感じさせるようなすっきりとした風味が感じられた。そしてその風味が今の自分にはものすごくおいしく感じられる。そして杏は、ひとつの可能性に行き当たった。

「もしかして……この味ってしじみですか？」

「身を入れてもよかったんだが、この中に入れておくと熱が入りすぎておいしくない。呑みすぎた時にはしじみのエキスが溶け込んだ赤出汁が一番いいからな」

仁はそう言うと、一本のボトルを見せた。それは口が広い魔法瓶タイプのボトルで、仁が冷麺などの冷たいつゆを置いておく時に使っているもの。どうやら今日は、この中に作り置きの味噌汁を入れておいてくれたらしい。

確かに言われてみれば、キャベツもにんじんも長時間煮込んだようにクタクタになっている。舌先で潰せるほど柔らかく煮えた野菜はとても甘く、今の杏には心地よく感じられた。

そして、もうひとつ味噌汁に入っている浮き実。これは天かすだ。

野菜とは違い、おそらく味噌汁を椀に注いでから浮かべているようだが、それでもつゆを吸い込んだ天かすが味噌汁に香ばしさと油のコクを与えており、ちょうどいい塩梅《あんばい》になっている。

まだ実家にいた頃に母親が時々作っていたかき揚げ入りの味噌汁に似た、ホッと落ち着く味わいであった。

体が温まると、杏の瞼《まぶた》がいよいよ重くなる。

やがて、杏はゆらゆらと船をこぎ始めた。

「寝るならここじゃなくて、部屋に行くように」

「ふぁい」

仁の言葉に大きく口を開きながら答える杏。よっこらせっとゆっくり立ち上がるが、足の力が抜けてしまったのか、そのまま床に転がってしまった。

「ほらほら、気をつけて……」

キッチンから覗き込むようにして仁が声をかけるが、杏はすっかり寝息を立てていた。

仁は少し悩んだものの、このまま放っておくわけにもいかず、客席側へとぐるりと回り込んで杏に近づく。

ポンポンと軽く頰を叩いてみると、杏がその腕にひっしとしがみついてきた。

「はい、部屋に戻りましょう」

杏は目を閉じたまま首を縦に振ると、仁にしがみつくように体を起こした。

仁はずれそうになった梟の仮面を手で押さえ、もう片方の手で杏の体をしっかりと支える。

そして階下にある杏の部屋へとなんとかたどり着くと、彼女をベッドの上に横たわらせた。

「では、また明日」

仁がそう声をかけて離れようとすると、突然杏が腕を伸ばし、仁の腕を捕まえた。

そして仁を自分の近くに引き込むと、その腕にぎゅっと力を込める。いつしか目には涙が浮かんでいた。

しばらくそのままでいた仁だったが、杏の脇に腰をかけると、背中をポンポンと叩き始める。やがて杏の眉間から皺が取れていき、安らかな寝息が聞こえてきた。

杏が落ち着いたことを確認すると、彼女を起こさないように静かに部屋を後にする。

誰もいなくなった真っ暗な部屋の中で、杏は目を開き、ただじっと天井を見つめていた。

閑話　お泊まり中の専門学校生

「ん、んーっ」

目を覚ました梨花が両手を突き上げて背中を伸ばす。窓から差し込む日差しが少しまぶしい。半分開いた引き戸の向こうからは、トントントントンと心地よい音が響いている。

さて、そろそろ起きないと。梨花はふたつ枕が並んだベッドから手を伸ばすと、脱ぎ捨ててあった大きなTシャツを掴んだ。

「おっはよーっ。んーっ、いい匂い！」

簡単に身支度を整えてからダイニングに向かうと、ひとりの若い男性がエプロンをつけてキッチンに立っていた。

ボウルに入れた卵をカチャカチャとかき混ぜながら、彼が笑みを浮かべる。

「おはよう。別にゆっくりしててよかったのに」

「ううん。私だけ寝てるのも悪いし、それにせっかくお泊まりしたんだから、料理してるところ見てたいし」

梨花の言葉に、彼が照れ笑いを見せる。その様子が、梨花にはなんとも可愛く見えた。

彼の名は風間《かざま》、梨花の彼氏である。ヨーロッパの一流レストランで修業し、現在はその修業先が日本に出店した支店の副料理長《スーシェフ》を任されている若き天才料理人だ。海外支店とはいえ、二十代で格式のあるレストランの副料理長として抜擢《ばってき》を受けるのは異例中の異例のこと。業界内からも話題の人物として注目を集めている、期待のホープだ。

まさか、そんな風間といい仲になれるとは。

きっかけは本当に偶然であった。通っている専門学校の卒業生が主催した個人的な勉強会への誘いを受けて参加してみると、そこになんと風間も出席していたのだ。

飲食関係の業界誌のインタビューを読んでからずっと憧れていた人と出会い、最初は緊張していたものの、話をしてみると波長が合うのか、すごく楽しい時間を過ごすことができた。

そして、この出会いがきっかけとなってふたりで食事をする間柄となり、やがて交際へと発展した。今はスーシェフとして忙しくしている風間の家に時々梨花が遊びに行くという形で逢瀬を楽しむ日々が続いている。

テキパキと料理する風間の後ろ姿を、じっと見つめる梨花。いつでもかっこいい風間だが、料理している時の姿が一番素敵だと感じている。そしてなにより、この姿を独り占めできるこの時間が梨花にはたまらなく嬉しかった。

「はい、お待たせ。そっちに運んでもらってもいいかな？」

「もちろん！　あ、そしたらサーブの練習してもいい？」

梨花の言葉に風間がこくりと頷く。

〝おもてなし〟に関わる仕事に就きたいという思いから観光系専門学校に入った梨花だったが、学んでいくうちに特にレストランサービスの仕事、とりわけギャルソンヌに興味を持つようになった。

一見すると料理を運んだり食器を片付けたりするだけという地味な仕事のように見える。しかし、ホール全体を見渡しながら、ひとりひとりのお客様に心地よく過ごしてもらうためには欠かせない仕事だ。

お客様と直接コミュニケーションをとる〝おもてなし〟最前線の仕事に、梨花は楽しさとやりがいを見いだしていた。

風間を席につかせてから、梨花が用意された皿を手にする。

今日風間が作ったのはワンプレートの洋風モーニングセットであった。

メインはオムレツ。卵の黄色とケチャップソースの鮮やかな赤の対比がなんとも美しい。その脇に添えられた人参とレタスのサラダには、和風っぽさを感じさせるドレッシングがかけられている。

皿上のカップに注がれているのは薄切りの玉ねぎが入ったコンソメスープ。運んでいるだけでコンソメのおいしい香りが鼻をくすぐる。

そしてトースト。いわゆる四枚切りにされた食パンを半分にカットした、厚みのあるスタイルだ。表面にたっぷり塗られたバターがなんとも食欲をそそる。

そしてトーストの横にはあんこが入った小皿が横に添えられていた。あらかじめ塗っていないところを見ると、最初はそのまま食べて、途中から小倉トーストとして食べてほしいということであろう。バターもあんこも好きな梨花にとって、料理人である風間の気遣いがなにより嬉しかった。

左手の人差し指と中指で下を支え、親指の付け根で挟むようにして皿を持つ。この時、皿の上に親指の指紋が付かないよう注意しなければならない。慣れるまではなんともぎこちなかったが、何度も何度も練習を繰り返したおかげで、今ではスムーズに持つことができるようになった。

それでも、今日のように皿の上に別の食器が載っている場合にはとても気を遣う。梨花はカップが滑らないように慎重に運ぶ。

そして風間の左側に立つと、軽く黙礼をしたあと、普段よりもやや低い声で言葉をかけた。

「お待たせしました。本日のモーニングをお持ち致しました」

実習で学んだセオリーどおりのサービスに、風間も小さく頭を下げる。

すると、ようやく梨花がほっと表情を緩めた。

「ふぅ、どうだった？」

「うん、なにも問題ないよ。サーブする時の距離感もちょうどよかったし、お皿の向きもズレてない。これならうちの店でもすぐに戦力になれるんじゃないかな？」

「ホント？　よかったー！　あ、早く食べなきゃね。せっかく作ってくれたのに冷めちゃう冷めちゃう！」

梨花は自分の分の皿もテーブルに運ぶと、席に腰をかけて手を合わせる。

「いただきまーすっ」

「はいどうぞ、召し上がれ」

風間の言葉ににこっと笑みを浮かべ、梨花が箸を手に取った。

最初に箸を伸ばしたのはサラダ。シャキシャキのレタスや人参にかかっていたのは玉ねぎ入りのドレッシングであった。それも、ただ上にかかっているのではなく、きちんと全体に和えられている。おかげでどこを食べてもバランスよく味がついていて、とてもおいしい。家庭料理でもこういった細かい部分まで手を抜かないところが、いつもすごいなあと梨花は感心していた。

オムレツはもちろん絶妙な半熟具合。トロットロでふわっふわに仕上がっている。玉子から香るバターの香りに心が躍り、トマトケチャップの旨味とちょうどいい酸味に思わずうっとりしてしまう。こんなにおいしいオムレツを朝から食べられる幸せに、梨花は心の中で感謝をしていた。

そしてスープがまたすごい。玉ねぎだけが入ったシンプルなスープのはずなのだが、甘みと旨味がしっかりと出ている。前に風間は「普通にコンソメの素を使ってるだけだよ」とは言っていたが、自分で同じ材料と手順で作ってもこの味にはならないだろう。むしろシンプルな料理だからこそ、風間の料理の腕の確かさが感じられた。

トーストをちぎるとふわりと湯気が立ち上る。外はさっくり、中はふっくら。パンそのものの甘みとバターの塩加減のハーモニーがたまらない。さっくりとした食感の薄切りトーストも嫌いではないが、今は断然厚切り派だ。

そして半分残しておいたトーストには、あんこを塗って小倉トーストにする。あんこの甘さと風味が加わり、バタートーストとは全く別のおいしさが生まれていた。

妹の大好物だったこともあり、実家にいた頃はトーストといえば小倉トーストが定番。

しかし、名古屋に出てきてからは意外と食べていなかったことに気づく。

振り返ってみると、ちゃんとした朝ごはんを食べること自体が久しぶりだ。

短期間で多くのことを学ばなければならない専門学校の生活は、入学する前に想像していた以上に忙しかった。さらに夜には飲食店でアルバイトもしている。生活費を賄《まかな》うのと実地での勉強を兼ねてのことだが、どうしても飲食店のアルバイトは夜遅くなることが多く、帰る頃にはクタクタだ。

そうなると、朝はなかなか早く起きられない。つい出かけるギリギリまで寝てしまい、身支度もそこそこに駆け出すことになってしまう。普段はひとり暮らしをしている梨花の場合、必然的に朝ごはんはコンビニに立ち寄ってごく簡単に済ませるか、もしくは抜いてしまうかのどちらかになるのがほとんどだった。

もしここで一緒に暮らしたら、おいしい朝ごはんを毎朝食べられるのかな――。

ふと頭の中に浮かんできた言葉に、梨花は首をブンブンと横に振る。

「うん？　どうかしたの？」

「ううん、なんでもないよ。ちょっと変なこと考えちゃっただけ」

心配そうに見つめてきた風間に、梨花は笑みを見せた。

互いに忙しい日々を過ごしており、こうして風間と会えるのは月に一度ぐらい。せっかく一緒に過ごせる幸せな日に、余分なことを考えてたらもったいない。

梨花は最後に一口だけ残していた小倉トーストをぱくっと咥《くわ》えると、満面の笑みで「ごちそうさまでした」と手を合わせた。


食器の片付けを済ませると、梨花が風間に声をかける。

「えっと、今日はお出かけしたいって言ってたっけ？」

「うん、せっかく天気もいいし、たまにはふたりで出かけたいかな。どこか行きたいところある？」

「うーん、どこがいいだろう……。あ、そうだ、水族館！　水族館行ってみたい！」

先日テレビで紹介されていたレジャースポットを思い出し、梨花がハイハイと手を上げる。

その意見に、風間もうんうんと頷いた。

「水族館か。あそこならすごく広いし、一日中楽しめそうだね。今から行けばイワシトルネードもシャチの公開トレーニングもゆっくり見られると思うよ」

「ホント!?　シャチ見てみたーい！　じゃあ、すぐ身支度してくるね」

「はーい、ゆっくりでいいからね。あっ、そうだ。その前に……はいこれ」

「え？　これって？」

渡されたのは小さな袋。梨花が戸惑っていると、風間が優しく微笑んでいた。

その笑みに、梨花がおそるおそる袋を開き、中を覗き込む。

そして、口に手を当ててると、大きく目を開いて風間を見つめた。

「本当は再来週の誕生日に渡そうかと思ってたんだけど、お互い仕事だったり実習だったりで会えそうにないかなって。それなら、今日渡しておこうかなと。受け取ってくれる？」

渡されたのは家の鍵。もちろん風間が暮らすこの家のものだ。

梨花はそれを手の中にぎゅっと握りしめると、うんうんと何度も頷く。

「ずっと、ずっと持っててもいいの？」

「もちろん。学校が落ち着いたら、ここに引っ越しておいで。毎日一緒に、朝ごはん食べよう」

「仁志《ひとし》さん……！」

その言葉に、梨花はとうとう涙をこらえきれなくなった。風間に抱きつき、力強く抱き締める。

風間もまた梨花の背中に手を回すと、ポンポンと優しく撫でた。

第四章　煮詰まり中の大作家

「うーむ……」

長年愛用している栗皮《くりかわ》色の書斎机の前で、蟹江《かにえ》亮介《りょうすけ》は腕を組んでいた。

視線の先にあるのはパソコンの大型モニター。ワープロソフトが立ち上がってはいるものの、そこにはまだ一文字も打たれていない。

蟹江はパソコン用の眼鏡を外すと目頭を指でギュッギュッと押さえつける。そして再び眼鏡をかけると、ふぅと息をつきながら天井を見上げた。

昔なじみの編集者からの依頼で短編小説の書き下ろしの仕事を引き受けたのは二週間ほど前のこと。ちょうど別の長編作品の執筆を終えたところだったのでふたつ返事で引き受けたのはいいが、なかなか筆がはかどらない。いくつか思いついたネタはあるものの、いざ書き始めてみるとどうにもしっくり収まらず、書いては消し、書いては消しを繰り返していた。

壁に掛けてあるカレンダーを見ると、一際目立つ赤色のペンで書かれた○印が目に入る。締め切りまであと十日。短編とはいえ、そろそろ書き始めなければ間に合わなくなりそうだ。

とにかく、一文字でも二文字でも書き進めなければ。蟹江は肩をぐるりと回すと、今ではほとんど使われなくなった特殊配列のキーボードに手を置いた。

小説家を志した頃、初めて手に入れたワープロ専用機に付いていたのと同じタイプのキーボードを今でも蟹江は使い続けている。時代の流れで廃れていったとはいえ、こと日本語の文章を入力することに限ればこの配列が一番速い。

頭の中に浮かぶ文章は泡のようにはかないものであり、モタモタしていてはパチンと弾けてしまう。このキーボードを使うことで、まるで話すかのように文章を書いてこられたことこそ、三十年以上にわたり文筆家を続けられた秘訣のひとつだと蟹江は感じていた。

しかし、肝心なスピードも、文章が浮かんでこなければ意味がない。

しばらく真っ白な画面を睨んでいた蟹江だったが、結局キーボードに置いた指が動くことはなかった。

今日は無理か……。蟹江は、ふぅと大きく息をつく。

するとその時、机の上に置いてあった携帯電話がブルブルと震えだした。どうやら電話がかかってきたようだ。

蟹江は携帯電話を手に取ると、表示された名前を見て苦い顔になる。

発信元は、目下煮詰まっている原稿の依頼主であった。

おそらくは様子うかがいにかけてきたのであろうが、筆が止まってしまっている蟹江としては嬉しくないタイミングである。

蟹江は携帯電話のサイドキーを押して震えを止めると、机上の所定位置にそれを戻した。

さて、なんとかしなければ。蟹江は今後の段取りを思案する。

このまま書斎に閉じ籠もっていても煮詰まるばかりなのは目に見えていた。それならば、一度外の空気を吸って気分転換した方がよさそうだ。

近くをふらりと散歩でもしてみよう。そう考えた蟹江が立ち上がると、腹の虫がきゅうと鳴いた。

そういえば、ろくに昼飯も食っておらんかったな——。遅めの朝ごはんを済ませて以降、この時間までなにも食べていなかったことを蟹江は思い出す。

普段ならお昼時には妻が呼びに来るのだが、今日は友人たちと二泊三日で温泉旅行に出かけているためすっかり忘れてしまっていた。時計を見ればそろそろ三時半にさしかかろうかという頃合い。お腹が空いてくるのも道理であろう。

一度気がついてしまうと、途端に腹が減ってくる。そうなると、どこに行くのがいいだろうか……。

身支度を整えながら蟹江が行き先を考えていると、机の上に置いてあった一枚のチラシが目に入った。

それは旧知の女優が出演している新作映画の案内。先日、偶然この女優と会った時に渡されたものだ。

蟹江の作品が原作となった映画でデビューした彼女も、今やすっかり大女優になっている。今は互いの立場も変わり、昔のように夜の街で飲み明かすようなことは難しくなってしまったが、それでも顔を合わせればこうして近況を伝えてくれる。些細なことではあるが、やはり嬉しいものだ。またいつか自分の作品が映画化することがあればぜひ出演のオファーをさせてもらいたいと蟹江は考えていた。

その時、ふと彼女が話していたことが思い出される。そういえば、例の店に新人が入ったと話していた。「なかなかおもしろい子よ」と彼女も評価していたが、そもそもあの店の主が雇い入れたとなれば相当な変わり者に違いない。となると、きっと創作の種になるエピソードもいくつか持っていそうだ。

蟹江はプライベート用のスマートフォンを手にすると、すぐにメッセージを入れる。ほどなくして送られてきた返信に素早く目を通すと、蟹江は愛用のハンチングを目深にかぶり、仕事用の携帯電話の電源を切ってから部屋を後にした。

＊　＊　＊

「あーあ、今日も収穫なしかあ……」

ハローワークまで職探しに行っていた杏が、トボトボとした足取りで古びたビルの階段を上っていく。先日誘ってもらったクラブの仕事はかなりいい条件だったのだが、今後の身の振りかたを考えるとできれば違う仕事を探したい。そう考えた杏は一刻も早く新しい仕事に就くべく積極的に求人を見に行っていたのだが、今の段階では芳しい成果はなかった。

可能であれば社員寮のある会社で働きたいとは思うものの、そういった仕事は一部の職種に限られており二の足を踏んでしまうものが多い。ようやくなんとか折り合いをつけられそうな求人を見つけたとしても、アイドルとしての活動経験しかない杏は実質的に〝社会人未経験者〟として扱われてしまい、ほとんどが書類選考の時点で落とされてしまう。一度だけ面接にたどり着いたことはあるが、面接官からセクハラまがいの質問を浴びせられ、ほとほと参ってしまうような状況だった。

重い足取りながら一歩ずつ階段を上り、途中で自室に寄って荷物を置いてから屋上へと上がっていく。

扉を開けると、気持ちのよい爽やかな風が吹き込んできた。

徐々に日が傾き始めてはいるが、暗くなるにはまだ早い時間帯。

杏が空を見上げると薄い鰯雲《いわしぐも》がポツリポツリと浮かんでいた。

ここ最近は暑さも和らぎ、空がずいぶん高くなってきたように感じられる。

これからますますご飯がおいしい季節。この屋上にある屋台でどんな料理が振る舞われるのか、杏は今から楽しみにしていた。

すると、目の前を黒い物体が横切っていく。

杏は扉から続く段をトトトッと下りると、屋上の片隅にいる黒猫に声をかけた。

「クロー、ただいまー。ほらほら、こっちおいでー」

クロは小首をかしげるような仕草をすると、杏の呼びかけに答えることなく屋上屋台の方向へと再び歩き出す。

杏がそれを目で追いかけると、赤い提灯に明かりが灯っているのが目に入った。

こんな時間に来客は珍しい。杏は慌てて屋台の裏に回り込む。

「すいません、お客さんが来てるって全然気づかなくて。急いでお手伝いの準備をしますね」

「今のところ手は足りている。急がなくても構わない」

いつものように梟の仮面を身につけた仁が素っ気なく答える。

真っ赤に燃える炭が入った炭台の上で炙られているのは魚のみりん干しかなにかだろうか。なんとも言えないいい香りを放っている。

その向かい側では、ハンチング帽をかぶった年配の男性が楽しげにタンブラーを傾けていた。

エプロンを身に纏いながら杏が様子をうかがっていると、向こうもその視線に気がついたようでペコリと頭を下げてくる。

「君が噂の彼女、かな？」

「えっ？」

意味深な物言いに戸惑う杏。

その初々しい反応がおもしろかったらしく、男性がくすっと笑みをこぼした。

「いやいや失敬。変な意味ではない。ここの主が人を雇い入れたと聞いてどんな人だろうかと考えていたんだよ。いや、なかなか可愛らしいおかただ。せっかくなので、お近づきの印に」

「は、はあ……」

杏は戸惑いながらもカウンター越しに渡された名刺を受け取る。シンプルながらも活版印刷で作られた名刺はなんとも言えない趣を感じさせる。

そしてそこに書かれていた肩書きと名前を見ると、驚きの声を上げた。

「作家、蟹江亮介……。って、えっ⁉　あの、蟹江先生ですか⁉」

「おお、知っていてくれたかね」

「もちろんです！　蟹江先生が書かれた『堀田《ほった》瑞穂《みずほ》の推理帖』シリーズが大好きで何度も何度も読みました！」

「おお、あのシリーズか。いや、あれは長いこと書かせてもらったが、こんな若い子にも読んでもらえていたとは。作家冥利《みょうり》に尽きるのう。ありがとう」

「い、いえいえ！　こちらこそ素敵な作品を読ませていただき、本当にありがとうございますです」

蟹江からの思わぬお礼の言葉に、杏が慌てて頭を下げる。

すると、余りに勢いがよすぎたせいか、コールドテーブルにゴツンと額がぶつかってしまった。

額を押さえ、痛た……と呻《うめ》く杏の姿に、蟹江が思わずぷっと息を漏らしてしまう。

「なるほど、確かになかなか楽しい御仁じゃな」

「騒がしくて申し訳ないです。ほら、今日は別に手伝いが必要なほどじゃないし、部屋に戻ってもいいぞ」

素っ気ない言葉をかける仁だが、それに対しては、杏が口を尖らせて文句をつけた。

「いえ、そんなこと言わずに私にもお手伝いさせてください！　なんでもやりますから!!」

なんとかこの場に残ろうと、杏が必死にアピールする。

すると、蟹江がひとつ提案を持ちかけてきた。

「手伝いが必要ないのなら、ワシとここで一杯付き合ってくれるかね？」

「えっ？」

「いやここだけの話なんじゃが、先日頼まれた短編の新作に詰まってしまっていての。ひとりで考えていてもなにも出てこないんじゃや。こういう時にはいろんな人の話を聞いてみるのが一番。ということで、なにかヒントでももらえぬものかと思ってな」

「新作のヒント、ですか？　そ、それは……」

蟹江の申し出に、杏は戸惑いを隠せない。もともと本を読むことが好きで小説もたくさん読んではきたが、それはあくまでもひとりの読み手として楽しんできただけのこと。物語を作る側に役に立つような話ができるとは思わなかった。

しかし、その反応も蟹江には想定の内だったようだ。にっこりと笑顔を見せて話を続ける。

「なにも特別に構えなくてもいい。子供の頃の話とか、最近見た夢の話とか、そんななんでもない世間話を聞かせてもらえれば十分だよ。存外、そういうところからヒントが得られることも多いんだ」

「あ、そ、そうですよね。てっきりおもしろいアイデアを頑張って出さなきゃいけないのかなって思っちゃって……」

「はっはっは。それはそれでありがたいがな。でもまあ、話し相手になってくれればそれで十分だよ。じゃあ、こちらへ」

「はい。そうしたら、えーっと……」

蟹江の誘いを正式に受ける前に、杏が仁の顔をそっと覗き込む。

いつもと変わらず淡々と料理に向かう仁だったが、杏の視線に気がつくとコクリと首を縦に振った。

「お許しも出たようですので、お隣に失礼します」

杏はそう言うと、エプロンを外して屋台のキッチンスペースから出ようとする。

しかし、仁がそれを言葉で制した。

「飲み物ぐらいは自分で運んでくれ」

「あ、は、はいっ。えっと、ビールいただいてもいいですか？」

「ああ、構わんよ。ついでにワシの分もお代わりもらえるかな」

「はーい！」

その言葉にコクリと頷くと、杏はタンブラーにビールを二杯注いでから蟹江の隣に回り込んだ。

蟹江は片方のタンブラーを杏から受け取ると、すっと顔の前に掲げる。

「では、この出会いに感謝して」

「ありがとうございます。先生、いただきます！」

杏もまた同じようにタンブラーを掲げると、そっと口をつけた。

ゴクッゴクッと喉を鳴らし、そしてふーっと長く息を継ぐ。

その勢いに、蟹江がほうと感心の声を上げた。

「なかなかいい呑みっぷりじゃな」

「す、すいません。ちょっと喉が渇いていたので……」

「いやいや、こうして元気に呑めるということは大いに結構なこと。遠慮はいらんからどんどんお代わりしてくれ。おっと、かといって飲みすぎて明日に障るようなことではいかんぞ」

「はい、それはもう身に染みて……」

つい先日、深酒をしてしまった時のことを思い出し、杏の額に冷や汗が流れる。

もうあんな苦しい思いは二度とごめんだ。杏はタンブラーを少しだけ傾けると、ビールをちびりと舌の上に転がす。

するとその時、蟹江がじっと杏を見つめていることに気がついた。

「えっと、私の顔になにか付いてます？」

「ああ失敬。いや、こうして間近で見てみると、どうにもどこかで見覚えがあるような気がしての。はて、どこだったかな……」

しきりに首をひねる蟹江に対し、杏もまた同じように首をひねる。

「私はたぶん初めてお会いすると思うんですけど、他人の空似ではないですかねぇ」

「そうかのう……。いや、確かにどこかで見覚えがある。ただ、直接会ったとか、そういうのではなくて、どこかでたまたま見かけたとかそんな感じなのじゃが……」

脳をフル回転させ、蟹江が必死に記憶の糸をたぐっていく。

すると杏が、おそるおそるといった様子で蟹江に声をかけた。

「あー、もしかしたら、テレビの番組とか、どこかのイベントとかで見てもらっていたのかもしれません。実は私、少し前までご当地アイドルをやってまして……」

「ほほー。ご当地アイドルとな。名前が杏さんだったな……。ああ、思い出した。そうか、確か『すたーず☆かふぇ』のリーダーだった……」

「ええ、〃『すたーず☆かふぇ』の最年長、みんなのお姉さん、おぐらあん〃でした」

アイドルを卒業させられてからしばらくになるが、未だに自己紹介する時には昔のリズムが口をついて出てしまう。習い性とはいえ、少々恥ずかしさを覚えてしまうのもやむを得ない。杏の頬がほんのりと赤く染まっていく。

それに対し、蟹江は得心がいったとばかりにポンと手を打った。

「おお、そうじゃそうじゃ。確か以前に知り合いから誘われてライブを見に行ったことがあったんじゃ。地元で頑張ってるアイドルの子たちがいるよとな」

「本当ですか⁉ でも、私たちのライブだと、先生は驚いたのでは……」

アイドルのライブは、一種独特の雰囲気がある。まして杏が活動していたご当地アイドルの世界ならなおさらだ。年配者である蟹江はかなり面喰らったのではないかと杏は心配になる。

しかし、杏の心配をヨソに蟹江が朗らかに笑い声を上げる。

「いやいや。なかなか楽しかったし、いい刺激になった。なによりあの熱量がいいな。アイドルとファンが一体になったあの高揚感は他に代えがたいものがある」

「そうなんですよ！　ライブってもちろん私たちアイドルが歌うんですけど、雰囲気や盛り上がりを作っていくのはファンの人たちの力あってこそなんですよね。いろいろあって卒業という形にはなりましたけど、貴重な経験をさせてもらえたと思っています」

「そうか、それはなによりじゃな」

目を輝かせて話す杏に、蟹江がうんうんと頷いた。

すると、会話のタイミングを計ったかのように仁がそっと料理を差し出す。

「お待たせしました。こちらが本日の肴物《さかなもの》になります。お酒に合わせて濃い目の味にしていますので少しずつお召し上がりください」

仁が差し出した皿には、魚の開きが二枚載せられていた。サイズは両手ほどの大きさで、なにかに漬け込んでから焼いたのか身全体が黒っぽい褐色《かっしょく》に染まっている。

立ち上る湯気からは、甘さを含んだ香ばしい香りが立ち上っていた。

その皿を見て、蟹江が声を弾ませる。

「おー、待ってました。杏さんも一緒にどうかね？」

「え、いいんですか？　実はさっきからすごく気になっていたんです」

形ばかりの遠慮を見せながらも、蟹江の提案に満面の笑みで答える杏。食欲はすっかり刺激されていた。

仁から渡された箸と小皿を蟹江の前にも並べると、杏が胸の前で手を合わせる。

「それでは、いただきます。先生、ご相伴《しょうばん》にあずかります」

「どうぞどうぞ。お先にいきなされ」

「いやいや、そういうわけにには。先生、お先にどうぞ」

「堅苦しい遠慮は無用じゃよ。まあ、それならワシはこちらをいただくとしよう」

蟹江が先に一枚を手元の皿に移し、杏にすっと差し出す。

杏もまた、自分の取り皿にもう一枚を移すと、改めて手を合わせてから箸を伸ばした。

そしてそのまま小さく身を取り分けると、口へと運んでいく。

するとたちまち、杏は目を大きく開いた。

「んんっ、おいしーっ！」

目を見張るようなおいしさとは正にこのこと。小さなひとかけらの身から旨味がぶわっと溢れ出してくる。仁の言ったとおり、確かに濃い味だ。しかし、決して塩辛いわけではない。あくまでも旨味が強い。脂が乗った魚の旨味に、漬け地に由来すると思われる適度な甘みと濃厚な旨味。そして焼き上げた時に付いたであろう炭の香ばしさ。これらが一体となって、極上の味わいを生み出していた。食感こそ違えども、極上のウナギの蒲焼きを彷彿《ほうふつ》とさせるような味わいだ。

杏の隣で最初の一口をつまんでいた蟹江も、納得といった感じでうんうんと頷く。

「ほほう。これはまたおもしろい。鰯かね？」

蟹江がそう尋ねると、仁がこっくりと首を縦に振る。

そのやりとりに、杏がへーっと驚いた。

「すごいです！　一口食べただけでわかるんですね」

「まぁ、鰯ぐらいはわからないとな、ほら、皮目を見るとわかるじゃろう？」

蟹江に言われたとおりに裏返して皮を見てみると、少し焦げが付いているものの体側の部分に特徴的な星の連なりが確認できた。

飛騨の山奥で育った杏でも、これなら見覚えがある。

「これなら私でもわかります！　スーパーに並んでいるのを前に見ました」

「そうかそうか。さて、魚は鰯とわかったものの、問題はどう調理されておるかじゃ。みりん干しのような雰囲気もあるが、身のしっとりした食感は干物とはまるで別物。ふうむ、これはなかなかの難問じゃぞ……」

蟹江はそう言うと、腕を組んで手元の鰯をじっと睨む。杏も釣られてじっと見つめるが、魚が話しかけてくるわけでもなく、答えは出そうになかった。

するとと、蟹江がふるふると首を横に振る。

「っと、いかんいかん。せっかくおいしいものを前に考え込んでしまっては申し訳ないな。どうじゃ、杏さんはわかりそうかね？」

「いいえ、私も全然です。仁さん、これ、どうやって作ったんです？」

カウンター越しに杏が問いかけると、仁は黙ったままひとつの容器を取り出した。そして中身を小皿に取ると、ふたりにすっと差し出す。

「開いた鰯を、これにしばらく漬け込みました」

皿に入っていたのはとろりと粘度が付いた濃い色の液状のもの。その正体に、杏は心当たりがあった。

「これって……味噌だれですか？」

杏の問いかけに、仁がコクリと頷く。

「開いた鰯をこの味噌だれに漬け込んで、冷蔵庫で一晩寝かせています。少し干物のようになっているのは、味噌だれの中の塩分や糖分の作用で鰯の中の水分が吸い出されるという理屈ですね」

「なるほど。干物とは違って干してはいないから適度に水分が残り、ふっくら仕上がっているということじゃな」

蟹江はそうつぶやくと、再び鰯へと箸を伸ばす。

そしてタンブラーをぐいっと傾けると、ぷはあと息を継いだ。

「問題は、これが旨すぎて次から次へと呑みたくなるということかな」

空になったタンブラーを持ち上げ、次の一杯を催促する。

それを受け取った仁は、入れ替えに足つきの小さなグラスをひとつと、茶色の小瓶を一本差し出した。ラベルの雰囲気から察するに、どうやら日本酒のようだ。

「そろそろこちらの頃かと」

「さすが、よくわかっておる」

蟹江はにやっと口角を持ち上げると、小瓶の蓋をキュッキュッと回していく。

そしてグラスの上で瓶を傾けると、琥珀色の液体がグラスを満たしていった。

その美しさに杏が思わず息を呑む。

「うわあ、きれい……。でもこれ、ラベルは日本酒ですよね？　それにしてはずいぶん色が濃いように思うんですが……」

「気づいたかな。これは日本酒でも数年寝かせた熟成酒、いわゆる古酒というやつだ。これは三年ものなのだが、甘さとキレのバランスがいいんじゃよ。どうじゃ、試してみないか？」

「えっ、いいんですか？」

「遠慮は無用と言ったろう。もうひとつグラスをいただけるかな？」

蟹江は仁から同じグラスをもうひとつ受け取ると、古酒を注いで杏に差し出した。

杏は軽く香りを嗅いでから、ゆっくりと口に含む。

するとたちまち、驚きの表情に変わった。

「本当、甘くて呑みやすいです。知らずに呑んだら日本酒とは思わないかも。あと、香りもすごくいいですね」

「そうじゃろう、そうじゃろう。これがワシのお気に入りなんじゃ。甘すぎないから食中酒にしても料理に合わせやすいしな。んー、やっぱり古酒はいいのお」

蟹江は再び古酒を口に含むと、喉を鳴らし、そしてうんうんと頷いた。

ご満悦を絵に描いたような仕草がなんだか少し可愛らしく見える。

そんなことを思いながら杯を傾けると、杏もまた満面の笑みを浮かべた。


しばらく酒と肴を堪能しながら、杏と蟹江が会話を弾ませる。

最初はどこか緊張していた杏も、気さくな蟹江の雰囲気とおいしい肴に少しずつ打ち解けていった。

「なるほど。アイドルというのもなかなか大変なものだなあ」

「そうなんですよぉ。もちろんチームの仲間同士なのでお互いに頑張ろうねって手を取り合ってるんですけど、でも、やっぱりどこかではお互いにライバルという関係でもあるんで、こう、ビミョーな関係なんです。だからやっぱり、それなりにいろいろありますよね」

少しずつ酔いが回ってきたのか、杏が過去のエピソードを次々と語り始める。

蟹江もまたその言葉にうんうんと頷きながら、杯を傾けた。

「仲間にして、ライバルか。なるほど、確かにそれは難しい関係じゃな」

「そうなんです！　みんな自分のファンを増やしたいって思ってるんで、放っておいたら自然とバラバラになっちゃうんです。でも、メジャーな大グループならともかく、私のいたような小さなグループだとそれだけじゃダメなんですよね。みんなで協力しあって、まずはチームのファンになってもらって、そこから推しメンを選んでもらうってならないと広がっていかないなって思ってました。最年長メンバーということで一応私がリーダーになってたんで、その辺をしっかりまとめなきゃと思って頑張ってたんですけど、結局空回りばっかりだった気がします。それで結局は、卒業という名目で……。うーん、ちょっと頑張りすぎちゃったのかなあ」

杏はふぅと息をつくと、がっくりとうなだれる。話している内に苦い記憶が蘇り、心がしぼんでしまっていた。

　すると、蟹江が杏のグラスに日本酒を注ぎながら慰めの言葉をかける。

「よかれと思って頑張っても、報われないことは往々にしてあることじゃな。努力は必ず報われるわけではないし、世の中は理不尽で満ち溢れておる」

「世の中って厳しいですね……」

「ああ、厳しいことばかりじゃ」

　蟹江はそう言うとチラリと視線を持ち上げる。

　視線の先には淡々と調理を進める仁の姿。蟹江の視線に気づいていないのか、それとも意図的に気づいていない振りをしているのか。仮面で隠された素顔の下をうかがい知ることはできなかった。

　蟹江は小さく首を横に振ると、再び杏に顔を向ける。

「まあ、目下ワシにとっての理不尽は、全然ネタが降りて来ないのに締め切りは待ってくれないということじゃがな」

「そ、それは理不尽とはちょっと違うような……」

「はっはっは、もちろん冗談じゃよ。いや、しかし困っていることには代わりがない。毎度のこととはいえ、なかなか難しいのお」

「うーん。やっぱり私の話ではあまり参考にはならないですよね」

杏はそうこぼすと、しょんぼりとうなだれた。

そんな杏に、蟹江が優しく言葉をかける。

「いやいや、アイドルの裏舞台は実に興味深い話だったよ。ただ、今回書こうと考えているテイストとは少々違ったかな。またいずれどこかで参考にさせてもらってもいいかね？」

「ええ、それはもちろん。幸か不幸かエピソードには事欠かないので、いつでも聞いてください」

「ありがとう。アイドルが出てくる作品を書くこととなったら、ぜひ取材させてもらうよ」

蟹江は朗らかな笑みを浮かべると、くいっと杯を傾けた。

そして喉をゴクリと鳴らすと、はあと大きく息をつく。

「しかし、ここまで話が出てこないのは久しぶりじゃな。さて、どうしたもんか……」

すると杏が、そーっと小さく手を上げた。

「あのー、ちょっと思いついたことがあるんですけど……。いえ、もちろん私のアイデアなんてたいしたことないと思うんです。でも、もしよかったら聞くだけ聞いてもらっても……」

「ほほう、なにか思いついたのかね？」

その言葉に、蟹江が興味深げに杏を覗き込む。さらに、蟹江の向かい側で調理を進めていた仁がチラリと視線を向けた。

その冷めた視線にドキッとしつつも、杏は杯を傾けてからゆっくりと話し始める。

「えっと、一軒のレストランを舞台とした話なんですけど、そこはどこにも看板も掲げてない秘密のレストランなんです。もちろん住所も非公開で、いつ営業しているかも不明。でも、そこで出てくる料理はどれも絶品ということで、幻のレストランって呼ばれているんです」

どこかで聞いたような話に、仁がピクリと眉を動かす。

一方の蟹江は、ヒゲを撫でながら話の続きを促した。

「ほうほう、それで？」

「で、そこに現れたのが今をときめく大女優。普段は客が来ても日が変わる前には店を閉めるのに、彼女が来た日だけは深夜遅く、時には明け方まで店を開けるんです。もちろん、完全予約制なので他の客とかち合うことはありません。そう、ふたりはこの幻のレストランで密会していたんです。しかしある日、大女優を追っていた記者がこのレストランを突き止めます。そして、大女優、夜の密会といった形でスクープされ、騒動に発展するんです」

「ありがちな話だな」

滔滔と語られる杏の話を、仁がばっさりと切り捨てる。

蟹江もまた、ふぅむと腕を組む。

「レストランの主と大女優のふたりの関係、場合によっては週刊誌の記者を入れた三人の関係を整理すればひとつになるやもしれん。とはいえ、その手の話ならゴシップとしていくらでも転がっておるからのお。現実は小説より奇なり。短編でおもしろく書くには少々骨が折れる題材かもしれんな」

「うー、そうですか。ざんねーん」

杏はくいっと杯を傾けると、ふぅと息をついた。

すると、様子を見ていた仁が杏に声をかける。

「呑みすぎじゃないか？」

「まだ大丈夫ですよぉ。なんかとっても楽しくて」

そう答える杏の頬はすっかり赤く染まっていた。

体もゆらゆらとゆれており、呂律《ろれつ》も怪しくなってきている。

「すっかりご機嫌じゃな。でもまあ、このあたりで一度水分をとっておくのがよかろう」

蟹江が目で合図すると、仁がすっとグラスを差し出す。

それを受け取った杏は、両手でしっかりとグラスを摑むとゴクゴクゴクと一気に飲み干した。

「っはーっ！　お水おいしいです！　あ、そうだ。またひとつお話を思いつきました！主人公は繁華街にたくさんのビルを持っているイケオジ。界隈で起こったトラブルをビシッと解決したり、困った若者には救いの手を差し伸べたりするということでみんなから慕われているんです。でも、それはあくまでも表の顔。実は裏カジノの胴元で、人生に切羽詰まった人たちに一縷《いちる》の望みを与えるとか言って理不尽な賭けに参加させて、破滅のどん底に叩き込んで……」

「これもどこかで聞いたような話だな」

またしてもスッパリと杏の言葉を遮る仁。梟の仮面の奥から鋭い眼光が飛ばされる。

「えー、せっかくここから盛り上がるところだったのにー」

「まあまあ。なかなかおもしろい発想じゃないか。確かによくあるモチーフだが、アレンジ次第では可能性はありそうじゃ」

「ホントですか!?　じゃあ、このアイデア使ってもらえます？」

「はっはっは。いつかどこかで使わせてもらおうかの」

蟹江は朗らかに笑いながらまたチビリと杯を傾けた。

さらりとかわされたことに気づいたのか、杏が口を尖らせる。

「うー、そうしたらもうひとつ！　えっと、売れっ子の大御所作家先生がいるんですけど、実は作品のアイデアはアシスタントに出させていて……」

「おい、いい加減にしないか。酔ってるなら部屋へ戻りなさい」

さすがに聞き咎めた仁が、料理の手を止めて杏をキッと睨み付けた。

杏もまた負けじと睨み返す。不穏な空気が流れそうになるところを、蟹江が朗らかな笑い声と共に取りなした。

「まあまあ、ふたりとも落ち着きなさい。さてと、そろそろ腹にたまるものが欲しくなってきたかな。仁くん、さっきから気になっておるんだがそれは……」

蟹江は話題を変えると、ひょこひょことキッチンを覗き込む。

蓋をずらした鍋から白い湯気がゆらゆらと立ち上がっていた。

「おいしそうな匂いがします。ください！」

杏がそう言うと、仁はふぅと息をつき、ふたり分の皿を用意した。

「お待たせしました。本日のメイン、ビーフシチューです」

「おお、これはまたおいしそうだ」

深さのある白い皿に注がれているのは、肉がゴロゴロと入ったブラウンシチュー。濃い茶色のキャンバスの上で、ブロッコリーの緑、にんじんの橙《だいだい》、それにクリームの白が鮮やかな色彩を放っている。ルウの色に染まった小玉ねぎも実においしそうだ。

目を輝かせた杏が思わずゴクリと喉を鳴らすと、蟹江がそっと声をかける。

「熱いものは熱いうちに。さっそくいただこうかの」

「はいっ！　いただきますっ」

杏は胸の前で手を合わせると、どの肉から口をつけようか品定めする。

そして一番大きい塊にすっと箸を入れると、たちまちほろりと崩れ去った。

「すごい、柔らかい……」

いやがうえにも高まる期待にかき立てられるがまま、一口サイズには少し大きめの欠片を口に運ぶ。

そして一秒、二秒、三秒立つと、杏は目を閉じたまま天を仰いだ。

「……はっ！　あ、わ、私今、空の上に昇ってました」

「はっはっは、それはまた詩的な表現じゃな。しかし、その気持ちよくわかるぞ。うむ、これはまた実に旨い。希なる味というのはこういうものじゃろうな」

蟹江もうんうんと頷きながら、肉を頬張っていく。じっくり煮込まれた牛肉は、舌先でぎゅっと押すだけでホロホロと崩れてしまうほどの柔らかさ。それでいて、肉の旨味とシチューのソースの旨味が否応なしに溢れ出してくる。もはやこの肉は飲み物、そう綴《つづ》りたくなるほどだ。

続いて箸を伸ばしたのはブロッコリー。鮮やかな緑を保っているところを見ると、シチューとは別に茹でておき仕上げの段階で合わせたのだろう。それを口に放り込むと、濃厚で芳醇なブラウンルウの旨味がジュワーッと広がった。そして少し重たくなった口当たりを少し青っぽさを感じるブロッコリー特有の風味がさっぱりと流してくれる。適度に歯ごたえのある食感も実にいい。なるほど、これはメインである牛肉のおいしさを広げる見事な脇役だ。

「にんじん、甘ーいっ！」

今度は杏から驚きの声が上がった。つややかに仕上がったにんじんは、牛肉同様、歯がいらないと思えるほどの柔らかさ。青臭みは一切なく、にんじんのおいしいところだけをぎゅっと濃縮したような甘みが感じられる。これがブラウンルウと一体となることで、ビーフシチューのおいしさをまた別の角度から表現していた。

満足げに食べ進める杏に目元を緩めながら、蟹江もまた箸をさらに伸ばす。

「この小さな玉ねぎもなかなかどうして、憎たらしい味をしているじゃないか」

茶色く染まった小玉ねぎは、トロトロの食感。ブロッコリーやにんじんとは違い、肉と共にじっくりと炊き込まれたのであろう。たっぷりと吸い込んだルウの旨味にもともと持っている本来の甘みが重なり合い、小玉ねぎは旨味の爆弾と化していた。

上からすーっとかけられた白いクリームによって全体がまろやかになり、いっそう食べやすくなっている。どこを食べてもおいしいというのはまさにこういうことを言うのだと思わせる。

蟹江は何度もうんうんと頷くと、この素晴らしいビーフシチューを生み出した料理人に声をかける。

「いやはや、脱帽じゃ。仁くんの料理はいつも素晴らしいが、今日はまたひときわじゃな」

「ありがとうございます」

「しかし、ひとつわからないことがある。このビーフシチュー、濃い口でまさにワシ好みの味なのだが、どう考えても手間暇をかけてじっくりと寝かせた風味がするんじゃ。これが不思議で仕方がない」

「えっ？　でもそれは数日前から仕込んでいたんでは？」

杏が横から口を挟むが、蟹江は首をふるふると横に振って否定する。

「ワシが店に行くことを連絡したのは今日のことで、まだ数時間も経っておらん。仁くんの性格からして、まかないや試作の料理を客に出すことはないだろうし、まして他の客のために作った料理をワシに出すということもないじゃろう。しかし、この深みのあるビーフシチューの味わいは、ワシが連絡してから作り始めたものとはとても思えんのじゃ」

蟹江はそう言うとふぅむと首をかしげる。

しかし、仁は首をふるふると横に振ると、そっと口を開いた。

「こちらはご連絡をいただいてから蟹江様のためにご用意させていただいたものです。もっとも、一人前ではおいしさを出しにくいため、数人前の量を作らせていただきましたが」

「そうじゃろうなあ。しかし、それにしては風味がしっかりしているんじゃよな」

「言われてみれば確かに……、じっくりコトコト煮込んで、さらに寝かせたようなおいしい味がします」

杏もまた、蟹江の言葉に賛同する。

すると仁は、意味深に口角を持ち上げた。

「そう言っていただけると料理人冥利につきますね。確かに、その寝かせたような風味こそ、本日のビーフシチューで狙った味になります。実はそのためにふたつほど加えたものがあるのですが、ぜひ当ててみてはもらえませんか？」

そう言いながら仁がふたりに新しいスプーンを差し出す。

蟹江は先にそれを受け取ると、なんとも楽しそうな笑みを見せた。

「ほほー。食の謎解きをしろというわけじゃな。おもしろい。ぜひチャレンジさせてもらおう。杏さんもチャレンジするじゃろ？」

「はいっ！　といっても私は全然自信がないのですが……」

杏はそう言うと、真剣な表情でシチューのルウだけを口に含む。

濃い色の見た目を裏切らない濃厚で芳醇な味。しかし、不思議とどこかに懐かしさを覚える。遠い昔に食べたような、心にほっと染み渡るような味わいだ。

また香りも気になる部分があった。鼻に抜けていく香りの奥に、香ばしいような煙たいような、そんな雰囲気が感じられたのだ。これもまた、重要なヒントであろう。

どちらも杏にとっては懐かしく、記憶の端にかすかに引っかかるような感じを受ける。

しかし、それがなにから生み出されているのかは全く摑むことができない。

やがて、杏は首をふるふると横に振った。

「うーん、やっぱり全然わかりません。なんとなく懐かしいかな、あと少し煙っぽい感じがするかなとは思うんですけど……」

「ふむ。確かに少しだけスモーキーな気配はワシにも感じられた。まずはこちらから考えてみるとするか。燻《いぶ》したようなこの雰囲気、シンプルに考えると材料のなにかを燻製にしたと考えるのだが、それでは先ほどの言葉に合わないんじゃよな」

「ですね。燻製は調理の方法であって材料ではないです。燻製塩とか燻製したスパイスとか、そういったものを加えていれば別ですけど……」

　杏はそう言いながら仁を見上げてみるが、仁は小さく首を横に振るばかり。どうやら正解ではないようだ。

　しかしその反応で、蟹江には謎の正体のひとつにたどり着けたようだ。

「となると、答えはある程度絞られてくるな。燻製以外で独特なスモーキーな香りが付いた食材といえば」

「と、いえば……？」

「ウイスキー、それもピート香が強いアイラモルトあたりではないかね？」

　蟹江がにっこりと微笑みながら、じっと仁を見つめる。

　すると、仁がこっくりと首を縦に振った。

「お見事、正解です。隠し味程度ですがこちらを入れさせていただきました」

仁はそう言いながら、ウイスキーの瓶を蟹江の前にそっと差し出す。

それは、蟹江が好きな銘柄のウイスキーであった。

「やはりこれか。道理でどこかで感じたことのある風味だと思ったわい」

満足げにうなずく蟹江に、杏が賛辞を送る。

「すごーい！　蟹江先生、すごいです！　これが煙たい香りの正体なんですか？」

「ああそうじゃ。ウイスキーには製造工程で付くピート香という煙っぽい香りが付いているものも多いんじゃが、その中でもこれは特に香りの強いタイプでな。ワシがこの酒が好きなのを知って、風味付けに入れてくれたんじゃろう」

蟹江が見上げると、仁がコクリと頷く。どうやらその言葉で正解のようだ。

「先生のお好みにはこちらが合うと思いまして」

「いや全くじゃ。そしてウイスキーは熟成させて作るもの。なるほど、じっくり寝かせたようなおいしさを生み出すにはぴったりの隠し味というわけか」

「ご明察です」

蟹江の推理に、仁がすっと頭を下げる。梟の仮面に覆われて表情をうかがうことは難しいが、それでもどこか嬉しそうな雰囲気は伝わってきた。

「となると、もうひとつが難問じゃな。寝かせた風味をもたらすために入れているわけだから、ウイスキーと同じように熟成がキーワードと見ていいだろう。とはいえ、時間をかけて熟成させる食材など山のようにあるし……」

ブツブツとつぶやきながら蟹江がさらに推理を深める。

すると、隣にいた杏がポツリとつぶやいた。

「……そ」

「ん？　今なんと？」

「い、いえ。もしかしたら、味噌、なのかなって、と思ったんです。でも、シチューに味噌だなんて、そんなわけないですよね……。んー、いったいなんだろう？」

蟹江の質問に答えの候補を口にするも、杏は自信なさげに首をひねる。

しかしその言葉に、仁がくるりと杏に仮面を向けた。

「いや、それで正解だ」

「えっ？　本当ですか？」

正解したにもかかわらず、杏は目をパチクリとさせて戸惑いの表情を見せる。

すると再び、仁が口を開いた。

「ウイスキーと共に入れたもうひとつの隠し味は長期熟成の豆味噌。これによって旨味を加え、さらに熟成された風味も付けているんだ。いや、よくわかったな……」

あまりに驚いたのか、仁の口調がいつもよりも砕けたものとなっていた。

蟹江もまた、パチパチと手を叩きながら祝福する。

「なるほど。味噌は全く予想外じゃった。しかし、確かに豆味噌なら納得じゃな。二年以上の歳月をかけて寝かされることで熟成された風味は抜群じゃし、旨味もたっぷり含んでおる。米味噌や麦味噌と違って余分な甘味がつくこともない。確かに理にかなっておるわ。いや、杏さん、正解おめでとう。素晴らしい！」

「い、いえ。ただの当てずっぽうですから……。熟成した食材で真っ先に思いついたのが味噌だっただけで……」

「いやいや、もしそうだとしても十分素晴らしい。熟成というキーワードで、今味わったビーフシチューの味と脳内の記憶が無意識のうちに結ばれたのかもしれんの」

「そ、そうですかね。でももしそうだとしたら、蟹江先生のおかげです。ウイスキーの熟成の話がなかったら絶対に思いついていなかったわけですし」

「なんのなんの、ヒントから答えにたどり着いたのは間違いなく杏さんじゃ。もっと誇りなされ」

蟹江はそういうと、何度も首を縦に振りながら杏を称えた。

すると杏もようやく頷き、そして仁に笑みを見せる。

「お味噌を入れると、こんなにもおいしくなるんですね」

「豆味噌はトマト系の味とも相性がいいし、熱に強いから煮込んでも風味が落ちないしな」

「まさに煮込み料理のシチューにはピッタリってことですね」

杏の言葉に、仁がコクリと首を縦に振る。

そして仁は、再びささっと手を動かすと、ふたりの前に平皿をそっと差し出した。

「本来ならビーフシチューにはバケットを添えるのですが、今日のビーフシチューならこちらが合うと思います。どうぞシチューと一緒にお召し上がりください」

「あ――――っ！　これ、絶対おいしいやつです！」

仁の説明が終わるのが早いか、杏が歓喜の声を上げる。

平皿の上に盛られていたのは丸く綺麗にかたどられたライス。その意図は、蟹江にもしっかり伝わった。

「なるほど、つまりこういうことだな」

蟹江はスプーンでご飯をすくうと、ビーフシチューにくぐらせてから口へと運ぶ。

たちまち、蟹江は笑顔でいっぱいとなった。

「これは旨い。ビーフシチューだけでももちろん旨かったが、ご飯と合わせるのは最高じゃな。確かにこれはご飯が必須じゃ」

「ハヤシライスがあるようにブラウンシチューとご飯の相性はもともと悪くはありません。さらに今日のビーフシチューには味噌を入れていますので、その分ご飯との相性もよくなっているのかと」

「なるほど、これも味噌の力なんですね。本当においしいです！　このご飯を全部シチューのお皿に入れて、混ぜ混ぜして食べたいぐらいです」

「あー、それはすごくよくわかる。少々行儀が悪いが、混ぜて食べたら最高じゃろうな」

杏の言葉に、蟹江も首肯する。

するると、その言葉を待っていたように仁が小さなココットをふたりに差し出した。

「それでしたら、ぜひこちらもお使いください」

「これって……。もう、反則です！　反則！　こんなの出されたら、私、我慢できません！」

杏はそう宣言すると、残りのご飯をシチューの中に入れ、さらにココットもシチュー皿の上で傾けた。

ココットからするりと飛び出てきたのは温泉玉子。柔らかな白身から鮮やかな黄身が顔を覗かせる。

それを見るや否や、蟹江が大きく頷いた。

「オムライスにもデミグラスソースを合わせるし、味噌煮込みうどんや味噌おでんの締めでもご飯につゆをかけて卵を載せて食べる。なるほど、これは間違いなくこうして食べるべきじゃな」

蟹江も杏と同じようにシチューの中にご飯と温泉玉子を入れる。

そしてそれを豪快に混ぜると、待ちきれないとばかりに頬張った。

「んーっ！　やはりこれじゃ！　半熟の玉子が絡むことでシチューがいっそうまろやかになり、至高の一品となっておるわ。いかん、これはいかん。ご飯がモリモリ進んでしまうではないか」

もう止まらないとばかりに、勢いよくかき込む蟹江。杏もまた、無心に頬張り続ける。

やがてふたりの皿は、一粒の米も残さずに空となっていた。

「ふぅ、満足満足。今日も馳走になった。旨かったよ」

「ありがとうございます。ご満足いただけたのならなによりです」

蟹江の言葉に、仁がすっと頭を下げる。

するとその時、杏がポンと手を打った。

「先生、これです！　これですよ！　これ、お話に使えませんか？」

「なんじゃ？　これって、ビーフシチューを使うということか？」

杏の言葉の意図が摑めず、蟹江が首をひねる。

それに対し、杏は目をキラキラと輝かせながら話を続けた。

「ビーフシチューじゃなくて、『料理の謎解き』です！　仁さんが作った謎がいっぱいのビーフシチューみたいに、料理に隠された謎を解くお話にするんです。他と同じように見える料理なのになぜかおいしい、すごくあとを引く、また食べたくなる。そんな料理の謎を解く話なんておもしろいと思いませんか？」

「なるほど、料理ミステリーというわけか。ふむ、確かにおもしろそうなアイデアじゃ」

杏の説明に得心がいった蟹江が、ふむふむと頷く。

するとその時、ふとあることに気がついた。

蟹江は顔を上げると、仁をじっと見つめる。

「もしや今日の料理は、これを狙っておったのか？」

蟹江の問いかけに、仁が小さく頭を下げる。

「いえいえ。いつもどおり先生においしい食事を召し上がってもらおうと思っただけです。ただ、いつもより少々スパイスを効かせた、というところですかね」

「スパイスとは言い得て妙じゃな。料理に秘密という名のスパイスを加える。なるほど、料理人がなぜそれを加えたのかまで書くことができれば、いい話になりそうじゃわい。うむ、イメージが出てきたぞ……」

蟹江はそう言うと、ポケットからメモ帳を取り出し、走り書きでメモをとる。

そして再び顔を上げると、宙空に言葉を投げかけた。

「さて、そうなるとあとは舞台と登場人物じゃな。まずは短編でとなると、秘密や謎を持たせるなら、やはり日常とは少し違う不思議な雰囲気が生まれるといいのぉ。さあて、どういう舞台を用意すれば……」

「屋上の屋台」

突如上がった、少し低く、しかしはっきりとした声。

突然の声に驚いた蟹江が、声の主へと振り向く。

その視線の先では、じっと手元に視線を落とした杏の姿があった。

「杏さん、突然どうしたのかね？」

先ほどまでと全く違う、ピンと張り詰めた雰囲気に、蟹江がおそるおそる声をかける。

しかし、その声は杏には響いていないようだ。

杏は一度目を閉じると、再び口を開く。

「舞台は古いビルの屋上にポツンとある屋台。そこにいるのは、仮面で顔を隠した料理人。腕は一流、将来を嘱望されていたはずの彼は、まるで世の中から隠れるように秘密のレストランを開いているんです。なぜなら――」

杏は一度言葉を区切ると、ゴクリと喉を鳴らす。

そして顔を上げると、じっと正面を見据えて言葉を続けた。

「なぜなら彼は、大切な人を殺した〝殺人者〟だから。そうですよね、仁志さん」

杏の見つめる先には仁の姿。いつしか、風がざわざわと吹き始めていた。

第五章　天涯孤独の元アイドル

いつの間にか夜空は厚い雲に覆われていた。静けさに包まれた古いビルの屋上に、街の喧騒が時折響く。

闇に包まれた屋上に置かれた屋台の中、杏は仁をただじっと睨み付けていた。

仁志と呼ばれた仁もまた、すっと立ったまま杏を見つめ続ける。

しばしの沈黙。辺りの空気が緊張でこわばっていくようにさえ感じられる。

その静寂を破ったのは、入り口の扉がバタンと開く音だった。

「ごめんなさーい、せっかくお誘いいただいたのに思ったより遅くなっちゃって……」

「おう、大作家先生がお出ましと聞いて俺も……って、杏ちゃん？」

姿を現したのは如月と三橋。やってきたふたりにチラリと視線を送ると、杏が大きく目を開きながらにっこりと口角を持ち上げた。

「あら、如月さんに三橋さんまで。ちょうどいいわ。蟹江先生にお話ししたかったこと、一緒に聞いてもらいましょう。ねぇ、仁志さん、いいでしょ？」

普段とは明らかに違う杏の様子に、ふたりは戸惑いを隠せない。

「なあ大先生、いったいどうし……」

三橋が言いかけた言葉を、蟹江が首を振って制する。

仁はただ黙ったまま、杏を見つめていた。

杏は大きく息を吸うと、ゆっくりと、しかししっかり聞かせるように語り始める。

「昔むかし、といっても十年も前の話ではありません。とあるところに、ひとりの若い男と、ひとりの若い女がおりました。男の名は風間仁志、女の名は小野倉《おのくら》梨花。広い世界の中で巡り合ったふたりはやがて恋に落ち、将来を約束し合う仲となりました」

「杏さん、なんでその名前を……」

杏の口から飛び出した予想外の名前に、如月が思わず言葉をこぼす。

三橋もまた驚いたように目を見開き、そして仁へとバッと振り向いた。

杏はふぅと息を継ぐと、再び口を開く。

「結婚の約束を取り交わしたふたりは、入籍を前にヨーロッパに旅立ちます。ふたりとも忙しい身でしたので、梨花の方は無理に行かなくてもいいかなと最初は渋っていたようです。しかし、今のうちにヨーロッパ各地を巡っていろんな料理や接客を学ぼうと、仁志さんが説得したようです。確かに、結婚後にレストランを開く計画を立てていたふたりにとって、このチャンスを逃してはしばらく旅行はできそうになかったでしょう。そういえば、この旅行に際してはふたりの知人たちからお祝いの旅行券を贈られるという後押しもあったそうですね。まあ、半分は勉強目的とはいえ、そこは恋仲のふたり。一生の記念に残る婚前旅行としてそれはもう幸せいっぱいな時間を過ごしたことは想像に難くありません。ですよね、仁志さん」

　まるで見てきたように話す杏の言葉を、仁はただ黙って受け止める。

　心配になった蟹江が仁の顔色をうかがうものの、梟の仮面の下にある表情を知ることはできなかった。

　仁がじっと見つめる中、杏はさらに話を続ける。

「婚前旅行も終盤となったある日のこと。南欧のとある島にやってきたふたりは、知人たちからプレゼントとして贈られたクーポンを使いヘリコプターの遊覧飛行を体験することにしました。しかし、ここで大変なことが起こります。なんと、遊覧飛行の途中、機材トラブルでエンジンが止まってしまったのです。当然ヘリコプターは急降下。やがて、う、海の上に、墜落、して、しまいました」

　声を震わせ、言葉を詰まらせる杏。そして仁もまた、喉をゴクリと鳴らす。

「幸運なことに、オートローテーションによって最悪の状況は免れました。しかし機体は大きくゆがみ、どんどんと海へと沈んでいきます。結局、この事故では、乗員乗客四人のうち、三人が救出。残るひとり、小野倉梨花は機体に挟まれたまま海に沈み、帰らぬ人となりました。そう、仁志さん。あなたは婚約者を助けることなく、見殺しにしたんです」

杏はそう言い切ると、眉をつり上げ、仁を睨み付ける。

すると横から、蟹江が慌てて声をかけてきた。

「違う、あれは事故じゃ。仁くんが助け出された時には意識不明の状態。彼自身も危うく命を落とすところだったんじゃ」

「そうよ。仁くんは梨花さんを最後まで助けようとしていたのよ」

如月もまた、必死に杏に呼びかける。

三橋はふるふると首を横に振ると、大きく息をついた。

「杏ちゃん、それ以上はいけねえな。どうやら杏ちゃんは梨花さんとずいぶん仲が良かったようだが、だからといって仁を恨むってのは筋違いだ。彼も体も心も深く傷つけられた、被害者なんだからさ」

「さすがにお三方ともよくご存じですね。仁志さんの腕に惚れ込んでお祝いを渡し、将来はふたりのレストランのパトロンとなるつもりだった知人としては、やはり相当気にされていたのでしょうか」

その言葉に、三人が絶句する。そのことは報道されていないはずなのに、どうして彼女が知っているのかと。

一方、杏の語りは止まらない。顔を紅潮させながら滔滔と語り続けた。

「確かにあれは事故でした。救出機材もないあの状況ではどうしようもなかったと言われています。むしろ仁志さんが助かったのも奇跡に近いと」

「そうじゃ。あってはならないことだが、不幸な事故だっ……」

「それで！　それでその女性の一家がどうなったか、ご存じなんですか！」

蟹江の言葉を遮り、杏が喉を張り裂かんとばかりの大きな声で叫ぶ。

そして顔を俯かせると、大粒の滴が屋上の床にこぼれ落ちた。

その大声に驚いたのか、どこからか黒猫がひょっこり現れる。

屋台の隅で二度、三度と顔を撫でると、にゃぁと一鳴きしてから丸まった。

再び静寂に包まれる屋台。

やがて杏が、クックック、クックックと笑い声を上げ始める。

「ねえ蟹江先生。大切な家族を失った一家がどうなるか、ご存じですか？」

光を失った目で見つめる杏。

蟹江は、なにも答えることができなかった。

「突然家族を失った喪失感は本当にすごいんですよ。最初に壊れたのは彼女の母でした。それはそうですよね。お腹を痛めて産み育てた大切なひとり娘がいなくなってしまったんですから」

「ひとり娘？　いえ、梨花さんには確か妹がいたはず……」

以前に仁から聞いていたのとは違う話に、如月がポツリと言葉をこぼす。

すると杏は、如月に視線を向け、大きく頷いた。

「そう、亡くなった彼女には確かに妹がいたんです。特別養子縁組により迎え入れられた、血の繋がっていない妹がね」

「なんと……」

思わぬ話に、蟹江が息を呑む。如月もまた言葉を失っていた。

すると三橋が喉を震わせながら杏に声をかける。

「まさか、杏ちゃん、君が――」

「そう、私が小野倉梨花の妹だった、小野倉杏子《きょうこ》。仁志さん、お久しぶりです」

本当の名を明かすと、杏は深々と頭を下げた。


不敵な微笑みを浮かべながら、杏がギッと仁を睨み付ける。

仁はなにも返さず、ただ静かに杏を見つめていた。

ふたりの間の空気がピンと張り詰める。迂闊《うかつ》に触れれば、パンと弾けてしまいそうな程の緊張感に、三人はただ固唾を吞んで見守るしかなかった。

しばらくの間のあと、杏がふうと息をつく。

「さて、もう少し話を続けましょうか。実の娘を失ったあと、姉の母はドロドロした感情の矛先をもうひとりへと向けるようになりました。『お前が死ねばよかった。なんで大切な我が子を失っているのに、赤の他人の子供を育てなきゃいけないんだ』ってね」

「ひどい……」

ポツリとこぼれた如月の言葉に、杏は首をかしげる。

「ひどい？　いえいえ、当たり前ですよ。だって、たったひとりの実の娘が死んでしまったんですよ？　実の娘の〝妹〟という役目だったから、私のことも可愛く思ってもらっていただけなんです。その娘がいなくなったらもはや赤の他人。家族にとってただの〝異物〟に過ぎませんからね」

「おいおい、ちょっとそれは……」

言いすぎじゃないか、とたしなめようとした三橋だったが、ぐるりと首を回して覗き込んできた杏の表情に気圧され、途中で言葉を呑み込んでしまった。

大の大人がたじろぐ姿にふふっと笑うと、杏は再び誰に向けるでもなく、話を続けた。

「でもいいんです。結局その言葉のおかげで真実を知ることができたわけですから。中学生だった私でも、戸籍を調べればすぐにわかりました。私はあの家に、特別養子縁組で迎え入れられた、他人だったんです。母の言うとおりでした。小さい頃の思い出も、姉との関係も、結局は全部ウソ、まやかしだったんです」

「杏さん……」

視線をさまよわせながら語る杏に如月がたまらず声をかける。

しかし、言葉が続かない。かける言葉を見つけることができなかった。

「精神に異常を来した姉の母は、病院に入ることになりました。その夫も妻の面倒を見なければならなくなり、私をこのまま育て続けることはできないという結論になりました。結局、中学を卒業するまでは施設に入り、その後は、住んでいた家から遠く離れた遠方の高校へと進学しました。高校を卒業するまでの学費と生活資金として、それなりのお金が渡されましたが、これって要するに手切れ金ですよね。お金と引き換えに、私は家族から捨てられたのです。これが、事故で家族を亡くしたある一家、いいえ、あるひとりの女の子の末路。先生どうですか？　この話って、物語になりますか？」

乾いた笑みを見せながら、杏が蟹江に問いかける。

答えに窮した蟹江は、力なく首を横に振る他なかった。

「まさかあの事故がそんなことになってたとは……」

三橋がポツリとつぶやくと、杏はまた笑顔を見せる。

「ええ。事故のことは報じられても、その後のことなんてニュースになりませんからね。当時既に若き天才として名声を欲しいままにしていた仁志さんのことはしばらく話題にはなっていたみたいですけど、それもすぐになくなりました。そのおかげで、仁志さんを見つけるまで八年もかかることになったわけですが」

杏はそう言うと、ゆっくりと立ち上がる。

そして屋台の裏へと回り込みながら話を続けた。

「正直、死のうと思ったことも一度や二度ではありません。私は不用品、この世に生きていたって仕方がないわけですから。でも、すぐには死ねなかった。私が死んだあと、姉を見殺しにして、私から全てを奪い去ったその男がのうのうと生きているなんて、絶対許せない。この男に復讐するまでは、絶対に死ぬわけにはいかないんです」

キッチンに入った杏が、仁との距離を徐々に詰めていく。剣呑な空気が辺りを支配していた。

「だから、とにかく必死に生きてきた。アルバイト先の社長の紹介でアイドルグループのメンバーにスカウトしてもらえたのは本当にありがたかったですね。寮に入ることもできたし、身元もまともじゃない私でも、なんとか生活を続けていけました。まあ、その代償もいろいろありましたけどね」

「おい、それって……」

杏の言葉に、三橋が呻く。杏がどれだけ厳しい目に遭ってきたのか、いろいろと想像が働いてしまっていた。

しかしその呟きに、杏はあっけらかんと答える。

「ああ、別にそういうことじゃないですよ。さすがにあの人たちも〝商品〟に手を出すタブーは知ってますからね。とはいっても、まあ、アイドルなんてやってたらいろんな人からいろんな風に言われるわけです。プライベートだってあってないようなもの。その挙げ句、結局は他の子たちとうまくやっていけなくってポイッて捨てられるんだから、もう、笑うしかないですよね」

その言葉を聞いた如月が首をふるふると横に振る。

如月は以前に彼女とこの場所で会った時の話を思い出していた。

女優を目指したいという彼女に伝えたのは「貴女を演じなさい」というアドバイス。

しかしその言葉は、彼女に〝杏〟という仮面を被りなさいと言っているようなものだ。

事情を知らなかったとはいえ、仁への復讐を果たしたいという彼女を後押ししてしまったかもしれないと思うと、胸が痛む。

「まあでも、捨てる神あれば拾う神ありなんてよく言ったもんですよね。路頭に迷いそうになった私が行き着いたこの場所に、まさか仁志さんがいるなんて。神様が巡り合わせてくれたとしか思えません。ねぇ、仁志さんもそう思いませんか？」

目をきょろりとさせながら、杏が小首をかしげて仁を見つめる。

対する仁は、やはりなにも言葉を発しない。

代わりに杏に声をかけたのは、三橋だった。

「仁が誰かわかった上でここに居着いた、ということだな」

「ええ、もちろん。顔の半分はわけのわかんない仮面に隠れてましたけど、首までは隠せませんから。小学校を卒業したあとの春休みに一度お会いしただけですが、首元に三つ並んだ特徴的なほくろははっきり覚えていました。もっとも、仁志さんは私のことなんてこれっぽっちも覚えていなかったみたいですけど」

言葉と共に杏の顔が歪んでいく。怒り、悲しみ、苦しみ、様々な負の感情が交ざり合った、そんな表情だ。

するとその言葉に蟹江が反応する。

「なるほど。しかし、杏さんがここに来てからはそれなりに時間が経っているのではなかったか？　葵さんが以前にここに来た時には杏さんと会っているのだろう？」

「ええ。以前に名古屋での収録があった時以来なので、数か月ぐらい前ではあるわね」

如月が記憶をたどりながら説明すると、三橋は大きく首をひねった。

「そうだよなあ。俺が杏ちゃんに会ってからもしばらく経つしな。でも、そうするとイマイチ話がわからんのよ。ここは俺が仁にまるごと貸しているビル。つまり今は、仁と、仁が招き入れた杏ちゃんのふたりしか住んでいないってことなんだよな」

「つまり、その気になれば復讐を果たす機会などいくらでもあったはずということになる。しかし、杏さんは今までそうしていなかった。うーむ……」

蟹江が腕を組み、うなり声を上げる。先ほどまでの杏の話とこれまで杏がとってきた行動に食い違いがあるように感じられたのだ。

同じ部分がひっかかり、如月と三橋もそれぞれに難しい表情を見せる。

そんな三人の大人を見て、杏がまたケラケラと笑いだした。

「やだなあ。そんな、単に殺すだなんてこの男を楽にするだけじゃないですか。そんなの、姉や私が受けた苦しみの欠片にもなりません。もっともっと、生きたまま地獄を味わってもらわないと」

「いや、今でも仁は十分地獄の底に……」

反論しかけた三橋だったが、言葉を途中で呑み込んでしまう。

まるで般若のような形相で、杏が睨み付けてきたからだ。

「なに言ってるんですか？　この男は、世の中から隠れ、周りに支えられ、のうのうと生きてるだけですよね？　それがなんの苦しみ？　ハッ、聞いて呆れるわ。この男には、一生涯、いえ、死んでも苦しみ続けてもらわないと。この男の持つあらゆるものを生爪を一枚ずつ剝がすように奪ってやらなければ意味がないです」

「杏さん……」

　たまらず如月が呼びかけるが、その声はなんとも弱々しいものだった。

　すると杏は如月を一瞥し、さらに話を続ける。

「もしそちらの大女優さんとのスキャンダルがスクープされたら、ここにはとてもいられないでしょうね。マスコミの餌食になればプライベートなんて丸裸。当然、あの事故のことだって再び蒸し返されるでしょう。あの時は被害者ヅラできてたかもしれませんが、スキャンダルの文脈だったらどんな風に玩具にされるでしょうねえ？」

「ちょっと待って、私と仁くんには一切そういう関係はないわよ。確かに仁くんの料理の腕には惚れ込んでいるし、このまま埋もれさせたくないと思っている。でもそれは、あくまでも料理人と客の関係の範疇。それを男女の関係みたく思われたら心外よ」

「そんなの知りませんよ。世間で話題になればどうなるか、大女優である如月さんの方がよっぽどご存じなんじゃないですか？」

「そ、それは……」

如月には杏の言葉を全面的に否定することはできなかった。たとえ事実がそうでなくても、一度火が点いてしまったらどのように燃え広がるかはわからない。まして、仁が抱える重い過去は〝世間的にはおもしろいネタ〟だ。非業の運命に振り回された被害者が起こしたスキャンダルは、鉄槌を下すのに持ってこいと言えよう。

ゴクリと喉を鳴らす如月に笑みを浮かべる杏。すると今度は三橋に顔を向ける。

「夜の街の不動産オーナーとの黒い交際なんてのも、格好のネタになりそうですよねぇ。仁志さんのためにビル一棟まるごと使わせるとか、三橋さんもずいぶんお優しいかたなんですね。でも、税務署がこれを知ったらどう思うんでしょうね」

「うっ……」

痛いところを突かれた三橋が、言葉を詰まらせる。

ビル自体は競売物件をたまたま安く買い入れたもので後ろ暗いところはない。リノベーションするなり転売するなり、なにかしらの形で収益をあげることはできるという目算もついているし、税金も毎年ちゃんと納めている。

しかし、三橋は仁から家賃をとっているわけではない。つまり、三橋は仁に対して経済的利益を供与していることになる。顧問税理士からも税法上のグレーゾーンに片足以上突っ込んでいると何度となく指摘されている部分だ。

もちろん、仁を支援することについてやましい気持ちはない。ただ、繁華街の不動産を扱う自分が全くのシロかと言われれば正直ノーだ。一線は引いているとはいえ、綺麗事だけでやっていくのは難しいのもまた事実である。

これまではうまくやってきたし、これからもうまくやっていくつもりではある。それでも、もし自分との関係で仁に迷惑をかけてしまうようなら手を引かざるを得ない。三橋の額に汗がつーっと流れ落ちてきた。

すると杏が、唐突ににっこりと笑みを浮かべた。

「如月さん、三橋さん、大丈夫ですよ。残念ながら証拠になるようなものは一切ありません。だからこれはただの妄想話。マスコミがまともに取り合うような類いにはなり得ませんね」

その言葉に、如月も三橋もほっと息をつく。

しかし、続く言葉に、再び顔色を変えることになった。

「だからもっと確実な〝悪事の証拠〟が必要だったんです。ねぇ、仁志さん、なんでひとつ屋根の下で無防備に過ごしている私に手を出さなかったんです？　手を出してくれていれば『元アイドル、しかも事故で失った元婚約者の妹に手を出した強姦魔』って仕立てられたのに」

「おいおい……」

とんでもない発想に、三橋が思わず目を見開く。

「ああ、それともアレですか。私がお姉ちゃんに全然似てなくて、タイプじゃなかったから？　でも、それは仕方がないですよね。私、お姉ちゃんと血が繋がってないですし。ただ、私の部屋まで入っておいて据え膳食わないとか、ちょっと自信なくしちゃうなあ」

あっけらかんと話す杏に、三人はただ絶句するしかなかった。

仁は相変わらず沈黙したまま。仮面に隠された表情はうかがい知ることができない。

すると杏が、突如頭をかきむしり、激しく振り始めた。

「あーっ！　もう！　お前さえ！　お前さえいなければ！　お前がお姉ちゃんを連れて行かなきゃ……！」

その時、杏の目の端がキラリと光るものを捉える。

洗い場にあるかごの中に、包丁が一本残されていたのだ。

杏はすぐさまそれを摑みあげると、両手でしっかりと握りしめる。

慌てたのは周りの三人であった。

「よせ！　馬鹿な真似はやめろ！」

「そうよ！　ほら、包丁を置きなさい！」

「んなことして、お前の姉ちゃんが喜ぶと思ってんのか？」

「うるさい！」

三人の呼びかけを、杏が叫び声で振り払う。

「お姉ちゃんはもう喜びも悲しみもわかんないんだって！　だって、お姉ちゃんはもう……。返して、ねぇ、お姉ちゃんを返して……」

いつしか杏の口元から、赤い血が流れ出していた。

＊　＊　＊

繁華街の古いビル。その屋上にある屋台のキッチンで、一組の男女が対峙していた。

女が目を真っ赤に充血させながら両手で包丁を握りしめ、梟の仮面を纏った男を睨み付ける。

重い空気が場を支配する中、時折響く繁華街の喧騒が遠くに響いていた。

この深刻な事態を見守る三人の常連客の表情も険しい。

不安そうにふたりを見つめる如月に、苦々しく口元を歪める三橋。そして蟹江もまた、腕を組んだまま、眉をひそめる。

その沈黙は一瞬だったのか、それとも長い時間だったのか。

先に動いたのは男の方であった。

「杏さん、いえ、杏子さん。本当に申し訳なかった」

男は仮面を外すと、深々と頭を下げる。

すると女は、その姿を見下ろしながら唇を嚙んだ。

「なにをいまさら……えっ」

小さくこぼれかけた言葉。しかし、頭を上げた男の顔を見て、女が息を吞む。

仮面の下には、大きな傷跡が残っていた。

鼻筋から右目の下にかけては、縫い跡も痛々しい大きな切り傷。そして、左目の周りは焼けただれた跡のような赤黒いケロイドで覆われている。そのケロイドのせいで左目は半分潰れているようにさえ見えた。額にかけても大小さまざまな傷跡が残っている。

墜落事故によるものであることは誰の目にも明らかだった。

一瞬大きく目を見開いた杏だったが、すぐさま厳しい表情に戻る。

「なによ。そんな姿見せて私が驚くと思ってるの？」

仁は小さく首を横に振ると、ゆっくりと口を開く。

「ここで君と巡り会ったのは、梨花が導いてくれたのかと思っていた。路頭に迷いそうな君を助けてほしいというのが、梨花の願いだと信じていたんだ。もちろん、義妹を助けるのにためらう理由なんてどこにもない。ここにやってきた時に梨花の妹だということはすぐにわかった。わかった以上、放り出すなんていう選択は自分にはなかったよ」

仁はそう言いながら、ゆっくりと杏に近づく。

「やめて！　来ないで!!」

ジリジリと後ろに下がりながら叫ぶ杏。両手で握りしめた包丁がカタカタと震え始めた。

「あの事故で死ぬべきは、旅行を渋っていた梨花ではなく自分だった。しかし、自分が生き残ってしまった。何度も梨花の後を追いかけようと思った。でも、できなかった。なぜなら、こんな自分でも、まだ必要としてくれる人たちがいるから」

仁はそう言うと、一度後ろを振り返る。

如月、三橋、そして蟹江の三人が、後ろで静かに頷いた。

しかし、杏には納得ができない。

「そんなの……、そんなのあなたの勝手じゃない！」

「そうさ、勝手でワガママな話さ。君を助けたことを含めて、所詮は自分が生きていく理由付けにしているに過ぎないのかもしれない」

「そうよ！　あなたは勝手でワガママな人！　お姉ちゃんのことをこれっぽっちも考えてない！　許せない、絶対に許さない……」

髪を振り乱しながら杏が叫ぶ。

仁は一度目を閉じると再び杏に向かってゆっくりと歩き始めた。

「梨花を救えず、梨花の両親を深く傷つけ、そして杏子さん、君を想像できないほどの苦しみの中に落とした自分が許されるなんてとうてい思っていない。でも、もし君が自分にこの世から消えてほしいと願うのなら」

仁は一度言葉を句切ると、優しい笑みを浮かべる。

「もしそれで君の苦しみが少しでも癒えるのなら、君の望むとおりにしよう」

そして仁は、杏にそっと手を差し出した。

「ダメ！　それはダメ！　間違ってるわ！」

「そうじゃ！　ふたりとも落ち着け！　そんなことをしてなんになる！」

如月と蟹江から発せられたのは悲鳴にも似た叫び。

するとその時、三橋がテーブルを飛び越え、転がり込むようにキッチンに飛び込んだ。

「テメェは馬鹿か！　命を粗末にすんじゃねえ！」

三橋は立ち上がるやいなや、仁を後ろから引き倒す。

そして杏との間に割り込むと、肩を怒らせながら睨み付けた。

「悪いが杏ちゃん、俺にとってコイツは必要な存在なんだ。だから、いくら可愛い杏ちゃんの願いでもそれだけは聞けねえ。俺は杏ちゃんの手を汚させねえし、仁を失うこともしない。さぁ、その包丁をこっちへ渡すんだ」

厳しい口調を留めつつ、杏に無茶をさせないよう三橋が慎重に近づいていく。

その迫力に押され、杏はじりじりと後ずさりしていった。

やがて杏の背中に冷たく硬いものがぶつかる。いつしか屋上をぐるりと囲む柵が、杏の体を支えていた。

やむなく杏は、柵に沿うように三橋から距離をとっていく。

するとその時、足下から悲鳴が聞こえた。

「ミギャッ！」

「きゃっ！」

杏が慌てて足を上げると、黒い塊が胸元に飛び込んできた。

突然のことにバランスを崩した杏は包丁を手放し、柵に手をつく。

すると柵が根元から外に向けて倒れていった。どうやら長年の風雨に晒され、鉄柵が根元から傷んでいたようだ。

落ちていく鉄の柵に引っ張られるように、杏の体もまたビルの谷間に吸い込まれていく。

「あっ……」

星が瞬く夜空が視界に入る。そうか、宙《そら》ってこんなに綺麗だったんだ。こんな結末とは思わなかったけど、きっとこれも運命。できればお姉ちゃんのところに行きたいけど、今までのことを思うとちょっと無理かな……。

死を覚悟した杏が、目を閉じ、空中に身を任せる。

しかし、次の瞬間、左腕が強く引っ張られた。

「ったっ!!」

落ちていこうとしていた体にガクンと急ブレーキがかかり、肩に痛みが走る。

上に見えたのは、身を半分乗り出し、右手を必死に伸ばして杏の腕を掴む義兄になるはずだった人の姿であった。

地面にガランガラーンと鉄柵がぶつかる激しい音が下から聞こえてくる。このまま転落したら、ひとたまりもないだろう。杏も、そして仁も。

「やめて！　離して！　あなたまで落ちちゃうから!!」

宙に浮かんだ足をばたつかせながら杏が叫ぶ。

それに対し、仁もまた必死の形相で叫び返した。

「離さない！　もう二度と、離しはしない……！」

仁が左手も伸ばし、両手で杏の左腕をしっかりと摑む。

気がつけば、杏の目から涙が溢れ出していた。

＊　＊　＊

その後杏は、三橋と蟹江の助けも借りて無事に屋上へと引き上げられた。

地面にへたり込む杏の横には如月が寄り添う。

そして蟹江が、杏の肩を見ながら、コクリとひとつ頷いた。

「肩が外れたわけではなさそうだ。しかし負荷はかかってるだろうから、明日病院で診てもらった方がいいじゃろう」

「おう、やけに詳しいじゃねえか」

「まぁ、昔取った杵柄というやつじゃ。一応、若い頃は医師もやってたしな」

「マジか!?　先生はそっちの先生でもあったんか。すげえな」

三橋がひゅうと唇を鳴らすと重苦しい空気がどこかに吹き飛んだ気がした。

杏は息を整えると、視線を落としながら小さな声で言葉をこぼす。

「ごめんなさい、私、とんでもないことを……」

「あら、その言葉は少し違うわね。あなたのための言葉ではなく、あなたの気持ちを素直に伝える言葉を選びなさい」

如月の言葉に杏は少し思案すると、やはりポツリと言葉をこぼした。

「……ありがとうございました」

「うん、それがいいわ」

如月は微笑みで答えると、杏の肩をそっと撫でた。

すると、少し離れたところから見守っていた仁が頭を下げる。

「皆さん、ご迷惑を……、いえ、本当にありがとうございました」

「なあに、いいってことよ。大事にならなきゃ、万事なんともなしってね」

三橋の軽口に、仁がほっと息をついた。

しかし、蟹江がそこに待ったをかける。

「いや、まだひとつ残っておるぞ。仁くん、ちょっといいかな」

「えっ？」

きょとんとしているにすかさず近づくと、蟹江が仁の右肩を軽く触る。

すると仁の口から「ギャッ」と悲鳴が上がった。

「やはりの。お前さんも病院行きじゃ」

「おいおい、先生、それって……」

「杏さんの腕を取った拍子じゃろう。むしろ肩が外れていない方が奇跡なぐらいじゃ。腱にどの程度のダメージがあったかまではわからんが、最悪手術しなければならなくなることもある。いずれにせよ病院での検査は必須じゃ。えーっと、とりあえずなにか固定するものがあるといいんじゃが……」

「それなら、このスカーフじゃだめかしら？」

「おお、その大きさなら十分じゃ。お借りしてもええかの？」

「ええ、もちろん構いませんわ」

如月はこくりと頷くと、首元に巻いていたスカーフをするるっと外した。

それを受け取った蟹江が、手際よく仁の右腕を固定する。

「とりあえずはこれでよしと。指先に痺れも出ていないようだから、急いで病院に向かう必要もなかろう。ともかく、今日のところは安静にしておきなさい」

「ふぅ、今度こそ一件落着、かな」

仁の怪我がそこまでひどくはないとわかり、三橋がふーっと大きく息をついた。

しかしほっとしたのもつかの間、今度は杏がガタガタと体を震わせ始めた。

それにいち早く気がついた如月が杏の顔を覗き込む。

「杏ちゃん、どうしたの？　大丈夫？」

「やっぱり、やっぱり私のせいで……」

杏の顔からは血の気が失せ、真っ白になっていた。

なんとか落ち着かせようと蟹江も杏に声をかける。

「いやいや、そう心配せんでもええ。まあ、詳しく検査しないといかんが、ワシの見立てでは後遺症が残るようなことはおそらくないじゃろう」

「確かに一騒動ではあったけどよ。でも、結局は柵が壊れてたのが直接の原因だしな。って、あれ？　これ俺の責任になるやつじゃね？」

「そうよ、オーナーさんがちゃーんと管理してくれなきゃ」

如月に正論で突っ込まれると、三橋は頭をポリポリとかいた。

しかし杏は、首をふるふると横に振る。

「私の周りの人はみんな不幸になっていく。不用品じゃなくて、本当は疫病神なんです。

お姉ちゃんは事故で死んじゃった。お母さんも壊れちゃった。お父さんもお母さんの世話にかかりきりになって、仕事を辞めなきゃいけなくなった。そして、お姉ちゃんの婚約者だった仁志さんの大切な腕に怪我をさせて、危うく命まで……。そもそも、私を産んだ本当のお母さんだって――」

「自分が殺した、なんて言わないよね？」

言葉を遮られた杏が驚き振り向く。

声の主は、仁であった。

「ど、どうしてそれを……」

「梨花から聞いていたんだ。君を産んだお母さんは、出産時の事故で亡くなってしまい、他に身寄りがなかった君を梨花の両親が引き取ったって」

「あれ、でも父親がいるんじゃ……？」

三橋が素朴な疑問を口にするが、杏が首を横に振る。

「本当のお母さんは、シングルマザーとして私を産んだそうです。戸籍にも実父の名は記載されていませんでした。いずれにしても、私を産むのと引き換えに本当のお母さんも死んでしまった。ほら、やっぱり私は呪われているんですよ」

杏はそう言うと、目を閉じ、手で顔を覆う。

シクシクとすすり泣く声が屋上に響いた。

そんな呪いなどない――。如月も、三橋も、蟹江もそう声をかけたかった。

しかし、どうしても言葉が口から出てこない。

安易な言葉では決して杏の苦しみを解くことができないと、三人ともがそう痛感していた。

するとその時、仁が急に歩き出す。

「ん？　仁、どうした？」

「ここで少し待っててもらっていいかな」

「ああ、そりゃ別に構わんが……」

首をかしげる三橋を横目に、仁は屋台の奥にある自室代わりのプレハブ小屋へと入っていった。

しばらくすると、仁が左手に銀色のトレイを持って戻ってくる。

それを見た蟹江は渋い表情を見せた。

「もしや料理をしていたのか？　腕に負担をかけるのはよくないぞ」

「料理と言うほどのものでは。杏さん、これを」

仁は膝を落とすと、運んできたトレイを杏の目の前にそっと差し出した。

トレイの上には黄色いスープのようなものが入った厚手のカップ。その横には木製の小さなスプーンも添えられている。

杏は虚ろな目でそれを眺めると、なにかに気づいたのか、次第に大きく目を開いた。

「どうぞ、召し上がれ。熱いので気をつけて」

仁の言葉にこくりと頷くと、杏はカップとスプーンを手に取る。

そして、中身をすくうと、ふーっふーっと息を吹きかけてから口へと運んだ。

その途端、小さな頃の思い出が脳裏に溢れ出す。

父と母、そして姉と一緒に食べた、懐かしく優しい味。

まだ家族四人で幸せに包まれていた頃の味。

杏の目から大粒の涙がこぼれ落ちた。

「だ、大丈夫?」

杏を見守っていた如月が慌てて声をかける。

それに対し、杏はコクリと頷くと、ひとつ、またひとつと小さな木のスプーンですくっていった。

なにかあったわけではないとわかり三橋がほっと息をつく。

しかし、その料理にはどうにも疑問を抱いたようだ。

「これって、どう見てもコーンスープだよな。でも、なんでご飯が入ってるんだ？」

「うーむ、まあ、仁くんの作る料理なら味には間違いはないと思うのじゃが……」

「でも、コーンスープにご飯って、ちょっと想像つかないかも」

三橋と同じように蟹江と如月もまた不思議そうにその料理を見つめていた。

その間も杏は黙々と食べ続け、やがてカップが空になる。

そしてふうと息をつくと、涙を拭いて、仁を見上げた。

「これもお姉ちゃんから聞いたんですか？」

その質問に、仁は黙って頷く。

「コーンスープかけご飯。すごくお行儀悪いんだけど、小さい頃から大好きだったんです。ふたりでお留守番している時、私が拗ねたり、泣いたり、ワガママ言ったりした時は、いつもこれ。お姉ちゃんの特製だよって自慢げに言ってたけど、ただレトルトのコーンスープをご飯にかけただけ。でも、これが大好きで、結局これでご機嫌になっちゃうんだから、私も安いもんだよね……」

杏はそう話しながら、空になったカップを愛おしそうに握る。

そして再び溢れ出した涙をそっと拭うと、仁に笑顔を見せた。

「お姉ちゃんに会わせてくれて、ありがとうございます。でも、お姉ちゃんの味よりもちょっとだけしょっぱかったかな」

最後に舌を出して、おどけてみせる杏。それに対し、仁もまた、優しい笑顔で頷いた。

するとふたりの横から鼻をすするような音が聞こえてくる。

「……よかったな。本当によかったな」

「あら？　三橋さん、もしかして泣いてる？」

「ばーか、泣いてねえよ！　ちょっと鼻がむずむずしただけだ。てか、てめえこそ目元が崩れまくってるじゃねえか。大女優が台無しだぜ」

「い、いえ、これはそう、ちょっと目をこすってしまっただけよ」

互いに言い訳をする三橋と如月に、杏はくすっと笑ってしまう。

すると、蟹江がうんとひとつ頷いてから口を開いた。

「杏さん。これは年寄りの戯《ざ》れ言《ごと》と思って聞いてもらいたいんじゃが」

「はい」

「運命というのは残酷なものでな。残念ながら、人は生きている以上、死というものから逃れることはできん。しかも、それはある日突然訪れることも多い。ワシも医師として働いていた頃は、それこそ理不尽な死も何度も見届けてきた」

杏も正に理不尽な死に翻弄されてきたひとりだった。蟹江の言葉に、杏の喉が鳴る。

「だからといって、生きている者までその運命に呑まれてはいかん。なぜなら亡くなった者の思いを受け継ぐことができるのは生きている者だけだからだ。無論、生きていくことは決して楽ではない、正直つらくて苦しいことばかりかもしれん。しかしそれでも、悲しみと共に思いを背負い、先に逝ってしまった者の分まで一歩ずつ前に進んで歩みを繋げていくことが、残された者の義務だと思うんじゃよ」

「受け継ぎ、繋ぐ――」

「そうじゃ。そうすれば、梨花さん、君のお姉さんは君の中にずっといてくれるはずじゃ」

目を細めて優しく語りかける蟹江に、杏はコクリと頷いた。

すると今度は、三橋が声をかける。

「そっちもだぞ。いい加減、前を向けよ」

視線の先にいたのは仁であった。彼もまた、事故の呪縛にとらわれたひとりであることを、三橋はよく知っていた。

「梨花さんとレストラン、やるんだったよな？　事故の前に考えていたようにはできねえかもしれねえ。でも、その気になればやりかたなんていくらでもある。その料理の腕をムダにしたら、お前を愛してくれた梨花さんが一番悲しむぜ」

「そうよね。梨花さんは私たちの誰よりも、仁さんの料理が好きだった。そんな彼女の愛した料理をこのまま眠らせておいたって供養にはならないわ」

如月もまた、真剣な眼差しで仁を見つめる。

しばらくの静寂。そして仁もまた、コクリと頷いた。

「そうですね……。私も梨花の思いを受け継ぎ、繋がないといけませんね」

仁は左手を胸に当てると、静かに目を閉じた。

そして再び目を開くと、頭を下げる。

「如月さん、三橋、蟹江先生。いつまでもわがままを押し通していて申し訳ございませんでした。正直、再び歩き始めるにはもう少し時間がかかるかもしれません。しかし、いつかまた、キッチンという舞台の上にきちんと立ちたいと思います。どうか今しばらく、私のわがままにお付き合いいただければありがたいです」

「もちろん、これからますます楽しみになるわ」

「物件が必要なら任せておけ、俺がとびっきりを見繕ってやる」

「完全復活、楽しみにしているよ」

仁の決意表明に、三人が揃って首を縦に振った。

そして仁は、杏にも視線を向ける。

「梨花は本当に杏子さんのことが大好きだった。いつも笑顔で、明るくて、歌が上手で、ちょっとおませな君のことがね。妹思いの素敵なお姉さんだったよ。運命は梨花を向こうの世界に連れ去ってしまったけど、これからは自分が梨花の思いを自分がこの世で受け継いで、繋げていきたいと思う。それを杏子さん、君に見届けてほしいんだ。お願いしても、いいですか？」

再びこぼれ落ちそうになる涙を必死にこらえながら、杏がコクリと頷く。

屋台の片隅では、一匹の黒猫が背を丸めながらみゃあと鳴き声を上げていた。

終章　最終日の常連客

それから一年余りが経ったある日、仁は古びたビルの屋上にある屋台でいつものように料理を振る舞っていた。

今日の客は三名。皆がこの不思議な場所を気に入ってくれている、気心の知れた常連客ばかりだ。

そのうちのひとり、このビルのオーナーでもある三橋が隣に座る美麗な女性に話しかける。

「いやー、杏ちゃんすげえな。女優としてデビューしたと思ったらいきなりドラマの主役だって？」

「そうなのよ。彼女は本当に逸材ね。人一倍努力してるのも間違いないんだけど、なによりひとつひとつの演技の迫力がすごいの。うちの社長も『彼女はうちの次世代の看板だ！』なんて息巻いちゃって。前世代の看板女優として、うかうかしていられなくなっちゃったわ」

「はっはっは。期待の大型新人といったところかの。しかし、ワシの作品が元になったドラマでよもや杏さんが主人公になるとは。これもまた巡り合わせかのぉ」

「そもそもあのお話の主人公は彼女自身だもんね。これ以上ないハマり役になるのは間違いないわ」

「違いねえ。ということで、売れっ子の大先生に一杯頼むわ」

「かしこまりました。少しお待ちください」

いつものように梟の仮面をつけた仁が、コクリと頷いた。

テーブルの上には、さまざまな料理が並んでいる。ピリ辛のミンチ肉がたっぷりと詰まった油揚げに、黒い鉄皿の上でジュージューと言っている手羽先のグリル。色とりどりの串揚げやスティック野菜が盛られた皿の中央には、固形燃料で温められた味噌ダレがプクプクと泡を立てていた。

仁の作った素晴らしい料理の数々に舌鼓を打ちながら、三人が会話を弾ませる。

すると、蟹江がぐるりと周りを見渡し、そしてポツリと言葉をこぼした。

「しかし、ここもいよいよ今日で最後か……」

「そうねぇ。名残惜しい気もしちゃうけど……」

その言葉に、如月もまたふうと息をつく。

もともとこの屋台は、仁のために設けられた場所。あの痛ましい事故のあと、気力を失ってしまった仁を料理の世界に留め再び立ち上がるのを待つために、パトロンとなる予定だった三人が半ば無理矢理手配したものである。通常のレストランではなく仮説の屋台としたのは、あくまでも仮の居場所であるという前提があったからだった。

　そして月日が流れ、この屋台の役目もいよいよ終わろうとしている。蟹江にお酒のお代わりを差し出しながら、仁が話しかけた。

「ここがなくなっても、私の料理を召し上がってもらえなくなるわけではありませんから」

「だな。今度はしっかり設備が整ったところで、もっと旨い飯を食わせてもらえるわけだし」

　仁は来月から新たな場所でレストランを始めることになっていた。

　仁がひとりで調理から接客まで行うそのレストランは、会員制かつ完全予約制。この屋上屋台の営業スタイルをそのまま踏襲する形となっている。

　一方、屋台では導入が難しかった調理機材も新店には積極的に導入し、調度品もしっかり整えている。三人のパトロンの手によって用意された、最高の料理人のための最高の舞台だ。

　パトロンのひとりである如月も、コクリと頷く。

「そうよね。これまで以上に思う存分腕を振るってもらって、おいしいものをたくさん作ってもらわなきゃ。改めて、よろしくね」

「老後の楽しみが増えたわい」

「ま、俺としちゃきっちり家賃を払ってもらえればそれでいいんだけどな」

三橋の軽口に、はっはっはっと笑い声が上がった。

仁もまた、笑みを浮かべながら頭を下げる。

「ご期待に添えるよう、精一杯努めます。どうか新店でも変わらぬご支援、よろしくお願い致します」

「なんのなんの、堅苦しい挨拶はナシじゃよ。おっとそちらのレディのグラスも空いているようだが、なにか頼むかね？」

「そうね、そうしたら同じの、もうひとついただけるかしら？」

「かしこまりました。間もなく次の料理ができますので、少しお待ちいただければ」

「ええ、手が空いた時でいいわ」

申し訳なさそうな顔を見せる仁に、如月が笑顔で答える。

すると三橋が、うーんと腕を組んだ。

「どう見てもひとりじゃ大変だよな。やっぱり誰かアシスタントを探した方がいいんじゃねえか？」

その質問に対し、仁は黙ったまま小さな微笑で返す。仮面の下の表情までは見通せないが、その隙間から見える目が三橋にはわずかに寂しげに見えた。

すると、後ろから突然透き通った声が聞こえてきた。

「お手伝い、必要そうですね」

その声に三人が一斉に振り返り、仁もまた顔を上げる。

そこにいたのは、自然な笑顔の杏であった。

「おお、杏さん。いや、今はもう杏子さんだったな」

「蟹江先生、ご無沙汰しています。ここでは杏でいいですよ」

女優デビューに合わせ、杏は本名である小野倉杏子の名で活動するようになっていた。

新たに所属した事務所の方針という理由もあったが、なにより杏が家族と繋がるその名前で活動することにこだわったためである。

杏は荷物を椅子に置くと、その下で丸まっている黒猫に声をかける。

「クロちゃーん、久しぶりだねー。元気にしてた？」

クロと呼ばれた黒猫は、不機嫌そうににゃあと鳴くと屋台から出て行ってしまった。

残念そうに口を尖らせる杏に、同じ事務所の先輩女優がチクリと釘を刺す。

「ほらほら、また表情が顔に出てるわよ」

「あ、え、えっとこれは、そう、〝杏〟を演じてるんです」

慌てて取り繕う杏に、如月からクスッと笑い声が漏れた。

「そうね、そういうことにしておいてあげるわ。じゃあ、アシスタントの〝杏〟さん、忙しい仁くんの代わりにお酒を作ってもらえるかしら」

「はいっ！　少々お待ちください」

「ワシにも一杯もらえるかな？」

「を、そうしたら俺にももう一杯」

「蟹江先生は日本酒、三橋さんはウーロン茶でしたよね？　すぐにご用意します。仁さん、エプロンお借りしますね」

「ありがとう。助かる」

仁の言葉に笑顔で頷くと、杏は屋台の裏手に回っていく。

いつもの場所に掛けてあるエプロンを手に取ると、ふと夜空が目に入った。

空気が澄んでいるせいか、いつもよりたくさんの星が瞬いているように見える。

それをしばらく眺めると、杏はうんとひとつ頷き、エプロンを身に纏った。

あとがき

皆さんこんにちは、こんばんわ。作家の神凪唐州です。初めましての方は初めまして。そうでない方は再びお目にかかれたこと大変うれしく思います。

ファン文庫様からは初の刊行となりました『屋上屋台しのぶ亭 ～秘密という名のスパイスを添えて～』、楽しんで頂けましたでしょうか？　もし本文より先にあとがきを読んでいるという方は、ぜひ表紙に戻って最初からご覧頂ければと存じます。書店店頭でチラ読みしている方は、どうぞお会計を済ませてご自宅まで連れて帰ってあげて下さい（平身低頭）。

閑話休題。

皆さんは屋台が好きですか？　私は大好きです。お祭りや縁日などはむしろ屋台グルメを楽しむのが目当てと言っても過言ではないかもしれません。

そんな名古屋の屋台の定番といえば『串カツとどて煮の屋台』。揚げたての串カツをじっくり煮込まれたどて煮の味噌つゆの中にドボンと浸して食べる。そしてビールをぐいっと。甘辛くなった口をビールの苦みがさーっと洗い流し、まー一本、まー一本と食べたくなる……。ああ、書いているうちにまた食べたくなってしまいました。

コロナ禍の影響もあり外食からつい足が遠のきがちな方も多いと思いますが、ぜひ改めて外ごはんの楽しさを感じていただき、そしてまずはあなたにとっての『しのぶ亭』から足を運んで頂ければと思います。


最後に謝辞を。装画を担当頂きました鴉羽凛燈様、杏と仁、そしてクロのイメージにぴったりな素敵なイラストありがとうございました。そして、遅筆な私を最後まで辛抱強く見守って頂きました担当編集様、ご迷惑をかけ通しで本当に申し訳ございませんでした。名古屋お詫び土産の最終兵器『車海老の海老せんべい（三十枚入り）』でどうぞお許し下さい。

そして本書の刊行にあたりお世話になりましたデザイナー様、出版社の各担当者様、書店員様始め本の流通に関わる皆様、本当にありがとうございます。皆々様のお力で、またおいしいご飯を食べていけそうです。

それではまたお目にかかれる日まで。


いつかキッチンカーを借りてイベント出店してみたい系作家　神凪唐州

この物語はフィクションです。
実在の人物、団体等とは一切関係がありません。
本作は、書き下ろしです。

神凪唐州先生へのファンレターの宛先

〒101-0003　東京都千代田区一ツ橋2-6-3　一ツ橋ビル2F
マイナビ出版　ファン文庫編集部
「神凪唐州先生」係

Fan
ファン文庫

屋上屋台しのぶ亭
～秘密という名のスパイスを添えて～

2020年7月20日　初版第1刷発行

著　者　神凪唐州
発行者　滝口直樹
編　集　山田香織（株式会社マイナビ出版）　須川奈津江
発行所　株式会社マイナビ出版
〒101-0003　東京都千代田区一ツ橋2丁目6番3号　一ツ橋ビル2F
TEL　0480-38-6872（注文専用ダイヤル）
TEL　03-3556-2731（販売部）
TEL　03-3556-2735（編集部）
URL　https://book.mynavi.jp/

イラスト　鴉羽凜燈
装　幀　早坂英莉＋ベイブリッジ・スタジオ
フォーマット　ベイブリッジ・スタジオ
DTP　富宗治
校　正　株式会社鷗来堂
印刷・製本　中央精版印刷株式会社

 ISBN978-4-8399-7093-2
Printed in Japan